4
ORC HERO
STORY
オーク英雄物語
忖度列伝

Characters

ORC HERO STORY

Silviana

シルヴィアーナ

ビースト族の第五王女。叔父である勇者レトを殺した張本人のバッシュに一目惚れしたと告げ、積極的に迫ってくる。

> 「いけずなお方……
> 私は食後のデザートということ
> なのですね？」

「戦争の時代は、いい時代でした。
自分の好みの男を、好きなだけ捕まえて、
好きなだけ食べることができた……」

キャロット

『喘声』という二つ名を持つサキュバス。バッシュの戦友で猛者揃いのサキュバス軍において、最強と目される。

Carrot

「レト叔父様を殺したオークと聞いて、
もっと醜悪な方を想像していましたが、
男らしく誠実そうなお方ではありませんか」
「私、一目惚れしてしまいましたわ」

「貴方を倒してでも、
私は私の道を行かせて
いただきます」
「俺もお前のことは尊敬に値する戦士だと思っている」

ORC HERO STORY 4

CONTENTS

第四章　ビーストの国　首都リカント編

オーク英雄物語4
忖度列伝

理不尽な孫の手

ファンタジア文庫

3258

口絵・本文イラスト　朝凪

忖度（そんたく）：他人の心情を推し量ること、また、推し量って相手に配慮すること。

（出典：フリー百科事典『ウィキペディア（Wikipedia）』）

ORC HERO STORY

オーク英雄物語

忖度列伝

4

ORC HERO

第四章

ビーストの国

Beast country

首都リカント編

STORY

Episode Lycant

1. ゴングラーシャ山脈

リンド山から山伝いに北西に移動すると、ゴングラーシャ山脈が存在している。ゴンゴール山、グラート山、アリョーシャ山からなる山脈で、標高は四千メートルに達する。

ビーストの国は、その山脈を越えた先にある。

ゴングラーシャ山脈はドワーフの領土であるが、全ての山がドバンガ孔のように反対側に抜ける孔が存在しているわけではない。仮にビースト国に抜けるルートがあるのだとしても、誰もがそれを知っているわけではなく、地図などもちろん存在しない。

ゆえに、旅人がドワーフ国からビースト国に移動しようと思ったなら、この山脈を大きく迂回する必要がある。なぜなら山脈は険しく、人が通れるような場所ではないからだ。

「なんか、霧が濃くなってきたっすね」

「そうだな」

バッシュはそんな山の中にいた。

バッシュはオークの英雄である。

過酷な戦場には慣れており、時にこうした険しい山道や、深い森、魔法の飛び交う戦場を駆け抜けることもあった。オークの頑強な体と、バッシュの無尽蔵の体力があれば、この程度の山脈を越えることなど容易なのだ。

「足元見えるっすか？」

「見えないが、問題ない」

バッシュは今、濃霧の中、断崖絶壁をへつっていた。

急斜面にへばりつきつつ、しかしそれを物ともせずシャカシャカと高速移動する様は、まるで巨大な蜘蛛のようである。

彼を知らぬ者であれば、二度見するだろう。幻影を操る魔獣に誑かされているのではないかと、頬をつねって確かめるかもしれない。

だが、バッシュを知る者であれば「あ、流石のバッシュさんも、崖ではスタターッて感じで走れないんだな」と安心するであろう光景であった。

「あれれ～？　旦那、なんだか機嫌いいっすね。何かあったんすか？」

「ビーストの女を思えば、な」

バッシュの口元は緩んでいた。

思い描くのは、戦争中に見たビーストの女たちだ。誰もがしなやかで美しい体を持つ、精悍な戦士だった。

ビースト族。

彼らを一言で言い表すなら、二足歩行の獣。

俊敏で獰猛。情け容赦のない残虐な性質。暗闇でも夜目が利き、たとえ濃霧の中であっても鋭敏な嗅覚で敵を探し出す。

自分たちだけがわかる特殊な鳴き声で部隊間の連絡を密に取り、鮮やかな包囲戦で敵を追い詰めていく様は、まさに圧巻だ。魔法に関しては他の種族に比べて大きく遅れているが、彼らがそれを気にすることはない。

なぜなら彼らは戦士の種族だからだ。

とはいえ、オークにとってもう一つ重要な情報がある。

ビーストは、子沢山だ。

一度の妊娠で、三～七人程度の子供を産む。

その上、年に一度の発情期の際には、交尾の相手がオークであっても拒まず、情熱的に迫ってくる時すらある。

ゆえに一部のオークからは絶大な人気を得ていた。

やはり子供を産ませるならビーストが一番だ、と。

　ビーストの見た目は、オークの中でも好みが分かれるが、バッシュとしては、好みの範疇に入る。少なくともドワーフに比べれば雲泥の差だ。

　そんな、まだ見ぬビースト女との逢瀬を思えば、口元は緩むし、足取りだって自然と軽くなろうというものだ。

「次こそは、嫁を見つけたい」

「そっすね！　今まではオレっちも半端な情報に踊らされたり、完璧なサポートができたとは言い切れなかったっす。でも次こそは、完璧なサポートから完璧な嫁を発見し、完璧なプロポーズへと導いてみせるっす！」

　三度のプロポーズ失敗。

　それは、歴戦の戦士であるバッシュに、少々の焦りを与えていた。

　三十歳となるまで、まだ時間はあるが、時の流れは速い。悠長なことを言っている間に、あっという間にその瞬間は来てしまうだろう。

　そうなれば、バッシュは終わりだ。一生、日の当たる所で生きていくことはできまい。

　ビーストの王族の婚約。

　それにより浮かれるビースト国。

　このチャンスをモノにできなくて、何が英雄か、何が歴戦の戦士か。

今回の二人は、今まで以上に気合が入っていた。

「それより、道はどっちだ？」

断崖絶壁を抜け、両足だけで地面に立てるようになった所で、バッシュは周囲を見渡した。気合は入っているものの、周囲はまさに五里霧中。

どちらが上りで、どちらが下りかすら、なんとなくしかわからない。

「こっちっす！　こっち！『赤の森』はこっちで間違いないっす！　オレっちを信じてついてくるっす！」

「ああ！」

しかし、そこには偵察を得意とする妖精もいた。

あるいは、このゼルという妖精をよく知らない者であれば、そのあまりに信じられない言動に不安を感じ、道を違えていたことだろう。

だが、バッシュはゼルとの付き合いが長い。雷雨の降り注ぐ見知らぬ森でも、死体が折り重なる沼地でも、怒号と剣戟で耳鳴りがする戦場でも、ゼルの道標を信じ、それに従い、生き残ってきた。

だから信じてついていく。

時に遠回りをすることもあるが、必ず目的地にたどり着けることを知っているから。

ゴツゴツとしたむき出しの岩肌。空気は薄く冷たく、季節が季節であれば、雪に覆われていてもおかしくない。

ヒューマンであれば一瞬で凍え死にしそうな過酷な環境。しかしバッシュの足取りは軽い。なぜなら、ビーストの国、『赤の森』はもうすぐそこだからだ。

「お？　霧が晴れてきたっすよ！」

その時、強い風が吹いた。

そしてその風に吹き飛ばされるように、霧が晴れていく。

空を覆う雲から光が差し込み、晴天が広がっていく。

ほんの一分ほどの出来事だった。

バッシュの周囲を覆っていた霧は晴れ、空には雲ひとつなく、燦々と太陽が輝いていた。

「『来天』か」

このヴァストニア大陸では、時折こうして急激に天候が変化することがある。

大雨や嵐が急に止んで晴天となることを来天、逆に唐突に大雨や嵐が起こることを降天と呼ぶ。

それらは度々大きな戦の最中に起こり、歴史を動かしてきた。

バッシュにとっても、来天や降天には思い出が多い。

忘れがたきあのレミアム高地の決戦でも、降天と来天が起きた。

ただあれは自然の産物ではなく……。

「あ、あっち！　あっちにビーストの森があるっす！」

と、バッシュがある人物のことを思い出そうとした所で、ゼルが叫んだ。

ゼルの指差す方向。右後方。今まさに通ってきた断崖絶壁のすぐ真下あたりに、赤い森が見えた。鮮やかな紅葉を見せる大きな森、ビースト族の『赤の森』が。

「さ、下山するっすよ！」

「うむ！」

ぶっちゃけ通り過ぎる所だったが、バッシュは気にすることなく頷いた。

ゼルに道案内をまかせたらこうなるのは、いつものことだ。最終的に、物事に遅れず到着できるのであれば、なんら問題はない。バッシュ一人であれば、到着できないか、あるいは到着した時には手遅れだったりするから。

ザリザリと滑るように、急な斜面を下り始める。

バッシュをよく知るオークたちであれば「あ、さすがのバッシュさんもいきなり飛び下りたりはしないんすね」と安心しつつがっかりする光景だ。

「……む？」

斜面を下りていく途中、バッシュはふと気配を感じ、後ろを振り返った。

「……」

振り返った先には、頂上があった。

バッシュの目をもってしても遥か遠い、山脈の頂点が。

そこで、何かがキラリと光を反射した。

逆光になって見えにくいが、目を凝らすと、そこに誰かが立っているようにも見えた。

「どうしたんすか？」

「……何でもない。俺たち以外にも、霧に迷っていた旅人がいたらしい」

とはいえ、バッシュはオークである。

細かいことを気にするタイプではない。頂上に誰かが立っていたところで、どうでもいいのだ。

「ふーん。そっすか」

そしてまた、ゼルも細かいことを気にするタイプではなかった。

（まさかな）

バッシュは一瞬だけある人物の名が頭に浮かんだが、すぐに否定した。

その人物は、今の世にこのような場所にいる人物ではなく、また仮にここにいたのだとしても、バッシュには関係のないことであるから。

「さ、まずは関所を見つけるっすよ！　レッツゴーっす！」

「ああ！」

　こうして二人は、山を下りていくのであった。

■

「はぐれオークだ！　はぐれオークが出たぞ！」

「全隊抜剣！　元重犬兵団の名にかけて、絶対に生かして帰すな！」

「姫様の晴れの日を汚させるな！」

　バッシュが国境に近づくと、国境はやにわに騒がしくなった。

　何十もの闘牛と戦って勝ち抜いてきたブルドッグのような顔の兵士たちが、牙をむき出しにしてバッシュを取り囲んだのだ。

「待て、俺ははぐれオークではない。俺の名はバッシュ、あるものを探して旅をしている！」

「そっすよ！　これほど気品に溢れるはぐれオークがどこにいると言うんすか！　毎日のように水浴びをしていることできれいに磨かれた肌……は、今日は山越えしてきたんでちょっと汚れてるっすけど、でも芳しい匂いの香水……は、やっぱ山越えで消えてるっすね、ちょっと臭いっす……いや、でも顔、そう顔！　旦那の顔はそんじょそこらのはぐれオークとは違う精悍な顔っすよね！　ほらよく見て！　牙が素敵！」

ブルドッグたちは超高速で飛び回りながら喚き散らすフェアリーに訝しげな表情をしていたが、しかし剣を収めることはなかった。

むしろ、バッシュという名を聞いて、顔面にさらに力が入った。

「バッシュだと⁉　あの『オーク英雄』のバッシュか⁉」

「そうだ！」

「貴様ぁ！　この国に何の用だ！」

「この国の第三王女が結婚すると聞いてな」

そう言った瞬間、先頭に立つ兵士の毛が逆立った。魔獣のような殺意をむき出しにした。目を血走らせ、バッシュに向けて剣を構えた。

「貴様、よくもぬけぬけと！」

「絶対に、ここは通さん……！」

「俺たちの命にかけてお前を殺してやる！」

本来であれば、目を血走らせ、剣を向けてくる相手にバッシュが取る態度は一つ。

応戦だ。

背中の剣を抜き放ち、全てをなぎ倒して中央突破。先に進むだろう。

「むぅ……」

だが、バッシュは剣を抜かない。

ここで剣を抜けば、己の目的が達成されないことを知っているからだ。

「なんすか⁉　おかしいっすよ！　まさかオークってだけで通さないなんて言ってるわけじゃないっすよね⁉　そんなの条約にはどこにもないじゃないっすか！　むしろ休戦協定では、旅人はいかなる者でも通せって言われてるっすよね⁉　いいんすかぁ？　ビーストだけ協定を守らなくて？　立場、悪くなっちゃうんじゃないっすかぁ？」

「条約など知ったことか！」

ゼルの説得にも動じない。

誰もが敵意と殺意をむき出しにして、バッシュの方を睨(にら)みつけていた。

今にも飛びかからんとする勢いだ。

見た所、彼らは歴戦の戦士。バッシュのことを知っているようだ。バッシュは知らないが……恐らく彼らと以前に戦で相対しているのだろう。そして、あるいは彼らの仲間を殺しているのだろう。

彼らからは、そうした気配を感じ取れた。

今は平和な時代だ。

誰もが、平和であろうと努めている。

恨みのある者も、戦争を恨みはすれど、敵だった種族を恨みはすまいと考えている。

だが、どうしても、そう思えない者もいる。

まして、親兄弟の仇が実際に目の前に現れてしまったのなら、引けない場合もある。

もっとも、彼らもバッシュを知っているからこそ、襲いかかれずにいた。

うかつに飛びかかれば、自分たちが肉片と化すのを知っているから。

「うーむ……通してはくれんか」

バッシュは困り果てていた。

思えば、今まで、拒絶されたり、訝しげに思われたことはあっても、国境を通れないということはなかった。通さない、という意思を見せられたことはあるが、ここまであからさまな殺意は初めてだった。

「……」

バッシュに戦う意思はない。

とはいえ、本当に彼らが、その振り上げた剣を本気で振り下ろしてくるのなら……。

バッシュとしても、戦わないわけにはいかない。

誇り高きオークの戦士に、戦いから逃げるという選択肢は存在しない。

まして、相手が誇りを胸に本気で立ち向かってくるのであれば、なおさらだ。

バッシュは動かない。

一歩でも前に歩けば、彼らは襲ってくるだろう。

背中の剣に手を掛けても、彼らは襲ってくるだろう。

あるいはバッシュが踵を返し、元来た道を歩き始めても、彼らは好機と見て襲ってくるかもしれない。

そしてその瞬間、ビースト国で嫁探しをするというバッシュのプランは藻屑と消える。

バッシュに次のプランはない。

嫁探しの計画は大きく後退し、童貞は末永くバッシュと共に在るだろう。

行き着く末は魔法戦士。不名誉の象徴を手に入れると同時に、バッシュはそれ以外の全てを失うことになる。

絶体絶命。

思えば、バッシュの人生においてこれほどのピンチはなかったかもしれない。

「たったらたったたーたーたー♪　たらら～♪　たーららったた～♪　たーららっ

たた～♪　たらら～たらら～たらら～♪」

そんな時だ。

どこからか、鼻歌が聞こえ始めた。

しかも鼻歌に合わせて、弦楽器の音も聞こえてくる。ギギィとビビィの中間ぐらいの、ヘルバードの鳴き声のような不協和音だが、確かに楽器の音だ。

バッシュの背後だ。

「……！」

バッシュは、正直な所、期待した。

思えば、国境は出会いの場であった。

シワナシの森ではサンダーソニアに出会い、ドバンガ孔ではプリメラに出会った。

どちらもプロポーズを断られた相手ではあるが、文句のつけようのない美しい女だった。

だから、今回ももしや、と。

「たったらたた～、たったらたた～、た～らら～たた～♪　ヘイ！」

鼻歌の主は、そのままバッシュの横を通り過ぎると、兵士たちとバッシュの間で一回転。

掛け声と共に指を天に向けた。

バッシュはがっかりした。

男だった。

「何か揉め事かい？」

彼は指先を兵たちに向け、十年来の旧友にでも話しかけるかのように聞いてきた。

実にフランクだ。

「……」

困惑というものは種族を超えて伝わるものだ。

バッシュはゼルと顔を見合わせた後、ビーストの兵たちとも顔を見合わせた。

お前の知り合いか？　いや知らん人。

テレパシーが使えるわけでもないのに互いにそんな思惑を交わし、再度、鼻歌野郎を見る。

種族は、恐らくヒューマンであろう。

性別は男。ヒューマンがよく奏でる弦楽器を持ち、女性を模した仮面を付けている。

実に怪しい。

「……ここを通りたいのだが、聞く耳を持ってもらえなくてな」

バッシュはとるものもとりあえず、そう言った。質問に答えた形である。

男はグルンとバッシュの方を向いた。

「本当かい？」

「ああ」

次は兵たちの方を向いた。

「本当かい？」

「……我々は元重犬兵団だ。その名と名誉に懸けてこいつを……『オーク英雄』を通すわけにはいかん」

彼はそれを聞くと、両手をさらに大きく広げ、兵に訴えかけるように口にした。

「気持ちはわかる！」

彼は両手を上げたままくるくると回転し、芝居がかった口調で言った。

「私も戦争で大切な者を亡くした！　殺した者への恨みがないと言えば嘘になる！」

ピタリと止まる。

「だが！　この平和な時代に、その考え方はよくない！」

「……」

「君たちは戦争でそうした者を失ったかもしれない！　だが、考えてもみたまえ。我ら四種族同盟は、和平を結んだ。なぜか！　それは、激しい戦いを続けてきた者たちの誰もが『もう愛しい者を失いたくない』と思ったからさ！　今、君たちにも愛する者はいるだろう？　家に帰れば家族がいるだろう？」

だが、と男は芝居がかった仕草で弦楽器を構えると、ボロンと音を出した。

まるで何か出てはいけないものが露出された時のような、汚い音であった。

どうしたら普通の弦楽器からこんな音が出せるのかと、兵たちが疑問に思うほどの。

「こちらの御仁も歴戦の勇士！　戦えば君たちの中から一人か二人、犠牲者が出るかもしれない。あるいは全滅ということもあり得る。ああ、もちろん君たちを侮っているわけではない。戦とは、常にそういうものだからさ！　そして、もし君たちが一人でも失われた場合、君たちの帰りを待つ者が悲しむこととなる。和平を結んだ者たちの想いが、願いが、無駄になってしまう！」

弦楽器がボロンボロンと音を出す。

あまりに不快なその音に、耳を押さえる者すら出てきた。

「それは、平和の使者たる私には、決して見過ごせることではない！　だからここは、私の顔に免じて、彼を通してやってはくれないか！」

男はそう言って、再度両手を広げた。

兵たちは顔を見合わせる。

顔に免じてと言われても、男の顔は仮面に覆われていた。

「ふざけやがって……そもそも、てめぇはどこの誰だ？」

「……おっと、そうだった。申し遅れてしまった」

男はコホンと咳払い。

懐から何か手紙のようなものを取り出すと、それを兵に手渡した。

「なんだ、これ……は⁉」

それを見た兵の表情の変化は劇的だった。

「お前……いや、あなた様は……！」

そこで、そっと兵士の口に、男の手が当てられる。

シィ、と歯の間から息を吹きながら。

「しかし、なぜ……その仮面は？」

「世界中の平和を守るため……さしずめ、今の私は平和の使者といった所なのさ」

男はそう言って弦楽器を持ち上げ、またボロンと鳴らした。

兵たちは顔をしかめるが、しかし露骨ではない。

バッシュたちからは、男の持っていた紙の仔細も、男の正体もわからない。

だが、どうやら兵たちに敬語を使われる程度には偉い人物のようだとわかった。

「詳細はわかりませんが、大げさに迎え入れられることを望んでおられない、ということですか……」

「そういうこと」

兵士は、まず許可証を彼に返還し、渋い顔をした。

「しかし、今、この国は王女殿下の晴れの日……『オーク英雄(ヒーロー)』を通すわけには……」

「君の懸念(けねん)もわかる……だが、だからこそじゃないか？」

「……」

「なに、彼は何もしないよ。君たちが剣を向けてなお、自分の剣を抜かなかったのがその証拠だ。あのオークが、だよ？　なんなら私が保証しよう。彼はビーストに危害は加えない。絶対にだ」

男はそう言うと、だろ？　とバッシュを振り返った。

「何もしない、だろう？」

「ああ。問題を起こすつもりはない」

バッシュは頷(うなず)いた。

もとより、問題を起こすつもりなどなかった。今までの町でも、問題など起こさなかったし、ビーストの町でも、うまくやるつもりだ。

「ほら、彼もこう言っている」

「……オークの言葉など信用できませんが……あなた様がそう言うのであれば、我々は従いましょう」

兵たちは、バッシュが問題を起こすことを危惧しているのではなかった。

彼らには、もっと別の理由があった。

「しかし、何かあれば、我々は全力でそのオークを狩り殺します」

「そうならないことを、私も願おう」

男──平和の使者はそう言うと、満足げに頷いたのだった。

■　■　■

「助かった。感謝する」

関所を抜けた所で、バッシュは平和の使者に向けてそう言った。

彼が来なければ、関所には血の雨が降っていただろう。

当然、入国など夢のまた夢。それどころか最悪の場合、また戦争が起こったかもしれない。

「いいってことさ！　なぜなら私は平和の……いや『愛と平和の使者』エロールだからね！」

『愛と平和の使者』エロールはそう言うと、弦楽器をボロンと鳴らした。

その音はオークの戦士長が、自分の小屋で女を犯している時に聞いた喘ぎ声に、どことなく似ている気がした。

バッシュに音楽のことはわからないが、それは希望の音のように感じられた。

願わくは、自分が将来、そんな音を出せればいいなと思わせるような。

「それに、君は来るべきだ……」

「なに？」

「いや、なんでもないさ！　アハハハハ！」

エロールは突然笑い出すと、タタッと駆け出した。

「では、いずれまた会おう！」

「ああ！　この借りはいずれ返す！」

「はは、期待しているよ！　『オーク英雄』バッシュ殿！」

エロールは笑い声を上げながら、町へと続く道を走っていった。

行き先は同じ場所。となれば、また会う機会もあるだろう。

「なんか、随分とおしゃべりなヤツだったっすね」

「そうだな」

エロールもきっとゼルには言われたくないだろうが、バッシュは同意した。

今までの旅では、あまり見なかった類の男だ。しかし、そこでバッシュは、ふと思案げな表情を見せた。記憶の奥底を探るような、オークがあまり見せない表情を。

「ん？　旦那、何か気になることでも？」

「……あの男、どこかで会ったことがある気がする」

「戦場で相まみえたとかじゃないっすか？」

彼の物腰は、その軽薄な態度からは考えられないほどに鋭かった。

一見隙だらけにも見えるが、バッシュとゼルは、そこに隙が一切ないことを見抜いていた。歴戦の戦士……それも、名のある人物であろうことは明白だ。

ただ、『愛と平和の使者』という二つ名にも、彼の付けていた仮面にも、エロールという名にも憶（おぼ）えはなかった。

弦楽器など、言うまでもない。

「そんなことより、今度こそ嫁探し、頑張っていくっすよ！」

「ああ！　そうだな！」

わからないならわからないでいい。

バッシュとゼルは細かいことは気にしないタイプなのだ。

それより、ビーストの国へと、うきうきと足を進ませるのだった。

2．月刊ブライ

ビースト国・赤の森。

そこは美しい場所だ。

赤と黄色の葉を生い茂らせる木々が群生し、様々な動物が生命を育んでいる。滞在する者全てに安らぎを与えてくれるような、母なる大地がそこにある。

また森の中心部には、戦争が起こる前から存在していたという、巨木が立っていた。

ビースト族はその巨木を聖樹（せいじゅ）と呼び、この森を聖地と呼んでいた。

彼らにとってこの地は、特別な場所なのだ。

ビーストが聖地を奪われたのは、およそ百年前。

ゲディグズがデーモン王として即位してから、ほんの数年後の出来事であった。

当時のビースト族は、ゲディグズによって追い詰められていた。戦争中、絶滅寸前までいった種族は多いが、ビーストも例外ではない。ゲディグズは即位後、ビーストを集中的に狙って滅ぼそうとした。

他種族を押さえつつ苛烈な攻撃を加え、その力を根こそぎ奪おうとしたのだ。

四種族同盟の内、一つでも滅ぼすことができれば勝ちだと踏んでいたのだろう。ビーストは領土と人口の八割を奪われ、僻地（へきち）である青の森へと追いやられた。エルフとドワーフの必死の援護がなければ、ビーストはそのまま滅んでいたかもしれない。

ビーストが聖地を奪還したのは、ゲディグズが崩御する数年前。

青の森で力を蓄えたビーストの一軍によるものだ。

成し遂げたのはレト・リバーゴールド。

ビースト王族リバーゴールド家の男である。

ビースト族最強の名をほしいままにした彼は、ビーストの屈強な一軍を率いて赤の森へと侵攻し、これを奪取した。

その功績と勇気をたたえられ、彼は王より勇者の称号を賜る。

ビーストの勇者レト。

赤の森の奪還は、かのゲディグズに手痛い一撃を加えた唯一の戦と、ビースト族の中で語り継がれている。

が、すでにゴングラーシャ山脈を手中に収めていた七種族連合にとって、赤の森は戦略的な価値が残っておらず、ゲディグズとしては別に手痛くはなかったから、あっさり手放したのではないか、というのが他種族の見解だ。

とはいえ、実際に手痛くなかったかというと、そうでもない。

なぜなら、ビーストは赤の森の奪還で、完全に戦意を取り戻したから。

百年間、借りてきた猫のようだったビーストは、縄張りを守る虎へと変貌を遂げたのだから。

「ここも懐かしいな」

「そっすね～」

そして、バッシュもまた、その戦に出ていた。

まだバッシュが尻の青い若オークだった頃の、苦々しい負け戦だ。

濃密な血の臭いの中、どこに行っても敵兵がいて、四六時中戦闘があった。当時まだ弱かったバッシュが死ななかったのは、単なる幸運に過ぎなかったと言えるだろう。

思えば、バッシュの戦いはこの森から始まったと言っても過言ではない。

初陣はこの森ではないが、負け戦は初めてだった。

「……正直、オレっちは思い出しただけで漏らしそうっすよ。ビーストは妖精を食うっすから」

「『妖精喰いのゴードン』か？」

「そう！　あいつっすよ！　もう思い出すだけで鳥肌っすよ！　あのクソグルメ野郎、オレっちを簀巻(すま)きにした後、はちみつを塗りたくってから辛子を振りかけたんすよ⁉　はちみつの上に辛子っすよ⁉　そのくせ、味見とか言って舐(な)めた後「うわっ、まず」って言ってひっくり返ったんすよ⁉　気絶っすよ！　気絶！　そりゃはちみつと辛子が合うわけないじゃないっすか！　ねぇ⁉」

ゼルは長生きだ。

バッシュが新兵であった頃から歴戦の戦士であり、幾度となく誰かに捕まっては、『命乞いのゼル』としての名をほしいままにしていた。

対し、『妖精喰いのゴードン』は、ビーストの戦士だ。

その名の通り、フェアリーを捕まえて食うことで有名な悪食(あくじき)である。

ゼルは、そんなゴードンに捕まったことがある。

なぜ食われなかったのか。

理由は簡単だ。

ビーストは何かを食べる前、毒がないかどうかを確認するため、それを舌の先で舐める。

ゴードン曰(いわ)く、フェアリーの肌は花の蜜のような甘い味がする。

が、その日のゼルは何日も激戦をくぐり抜けてきたがゆえ、非常にアレだった。

フェアリーにあるまじきアレだった。

一舐めしたゴードンの舌は痺れ、視界は明滅し、意識はハーピーのように飛び、気絶。

翌日、嘔吐と下痢の中で目を覚ました。

ゴードンの食レポでフェアリー食が流行りだしていたビースト族は、震え上がったという。

その時、ゼルに付いた二つ名は『腹下しのゼル』。

ゼルにとって不名誉な渾名であったが、当時のフェアリーたちにとっては英雄の名だった。

その日を境に、ゴードンに食われるフェアリーが激減したから。

「でも、平和な時代の赤の森はいいっすね。空気もきれいだし、静かだし、のどかだし、木漏れ日がオレっちのフェアリーな部分をビンビンに刺激してきて、いい気持ちっすよ」

「そうだな」

二人は、激戦区としての赤の森しか知らなかった。

当時は、この紅葉と血の色の区別がつかなかった。

木々の大半は黒く焼け焦げていたし、地面はこんなに乾いていなくて、いつだって血で滑った。

赤の森という名前は、常に血の雨が降っているから付いたのだとすら思っていた。

それが、まさかこれほど静謐(せいひつ)で、神聖な気配のする森だとは……。

「む?」

二人が感慨にふけっていると、ふと足元でガサリと音がした。

「ありゃ、ゴミっすかね」

バッシュが足を上げてみると、そこに張り付いていたものがバサッと音を立てて落ちた。

汚れた紙の束であった。

「まったく、平和になったからってこういうの捨てるのはよくないと思うんすよね! ここにどんだけの勇士が眠っていると思っているんすかね! ビーストにとっても、ここを取り戻すために戦った英霊に失礼……おや?」

「どうした?」

「いや、この雑誌……これは!」

ゼルは、己の背丈ほどもあろうかという雑誌を空中まで持ち上げ、その記事を読み上げた。

『意中の彼を射止める六の法則!』

『一生後悔しない結婚相手の選び方』

『女の子にモテるための常識・百選!』

『今更聞けないビースト族の恋愛観・結婚観！』

『結婚を前提としたお付き合いを目指すコーディネート（男性編）』

そう、それは雑誌であった。

「月刊ブライ！」

「……なんだそれは」

「知らないんすか⁉　ヒューマンの大商人ブライが戦後に発行してる雑誌っすよ！」

「雑誌？」

「各国のニュースや、人々の関心事をまとめた紙束っすよ！」

「そんなものがあるのか」

当然、オークの国にはそんなものはない。

絵画の類すら存在しないのが、オークという種族なのだ。

「しかもこれ、恋愛・結婚の特集号っすよ！」

「どういうことだ？」

「んもう、旦那ったら鈍いっすね！　つまりこれには、大商人ブライが集めた恋愛・結婚に関する情報の数々が載ってるってことっすよ！」

「信憑性は高いのか？」

「当たり前っすよ！　ブライと言えば、元ヒューマン情報部のトップエリートっすよ！」

「あのブライか……！」

ヒューマンという種族は、ビーストやドワーフという種族に比べて貧弱だ。

かといってエルフのように高い魔法適性があるわけではない。

であるにもかかわらず、四種族同盟の同盟主たる立ち位置にいる。

なぜか。

それは彼らが、エルフよりも賢かったからだ。知恵と知識を何よりも重んじた彼らは、情報収集に長けていた。ヒューマンの情報収集能力は凄まじく、何度、劣勢を覆された
ことかわからない。

かの『豚殺し』のヒューストンも、『息根止め』のブリーズ・クーゲルも、素晴らしい情報をバッシュに与えてくれた。

そう、ヒューマンの情報は貴重で、価値あるものなのだ。

そして、大商人ブライ。

『大商人』という名ではピンと来ないが、『紙面の魔術師ブライ』の名であれば、誰もが知っている有名人だ。

どこからか敵軍の重要な情報を入手し、伏兵の居場所を机上の軍略図に配置する。

その結果もたらされるのは、勝利だ。

オークであるバッシュにはよくわからないことだが、デーモンの将軍が「またブライに負けた」と嘆いていたのは、何度も耳にした。

決して前線には出てこないものの、ヒューマンという情報を扱うのに長けた種族の頂点に君臨する男。

それがブライだ。

かの男を出し抜けたのは、七種族連合ではデーモン王ゲディグズ以外にいない。

しかし、そのデーモン王ゲディグズの所にヒューマンの王子ナザールら決死隊を送り込んだのもまた、ブライであった。

そんな男が、新たな平和な時代において始めた商売は、まさに人々の欲する情報を提供することであった。特に恋愛や結婚の特集号はよく売れた。そういう時代だからだ。

「ブライと言えば、完璧な作戦でオレっちらから勝利をもぎ取っていった男っす」

「つまり、そんなブライが書いたこの雑誌の情報に従えば……」

「簡単に嫁を見つけることができるってことっすよ！」

バッシュは雑誌を取り上げた。

禁術の記された魔導書を見つけた魔法使いのように、わなわなと震える手で。

「まさか、そんなものがあろうとは……」

雑誌。恋愛・結婚の特集号。今更聞けないビースト族の恋愛観・結婚観。

まさに今の自分にうってつけだ。

知らないことを「今更聞けない」などとは思っていないが、ビースト族が今更聞いてくるヤツがいないと思っているレベルのことであるなら、教えてくれる者もいないだろう。

そんな情報が、今手元にある。

(今まで、戦が始まる前に勝利を確信することは幾度となくあったが……)

バッシュは多くの戦を経験してきた。

新兵の頃は、その戦の趨勢というものがわからなかった。

だが、経験を積むにつれて、段々とどちらが優勢で、どちらが劣勢か、見えてくるようになった。

もちろん、趨勢がわかるだけで、どちらが勝つと言い切れるほどではないが……とはいえ、戦の流れが変わる瞬間を見極めることはできる。

終戦間際には、戦いが始まる前の時点で、どちらが勝つのか、なんとなくわかる時があった。

今の感覚は、まさにそれだ。

「なんだか、感慨深いっすね。色々あったけど、旦那に嫁ができる日が近いとなると」

ゼルもまた、その感覚の中にいた。

「そうだな」

バッシュはフッと笑った。

オークの国を出てから、ヒューマン、エルフ、ドワーフの国を巡ってきた。

ここは赤の森。思えば遠くに来たものだ……と。

「とはいえ、勝てそうな時ほど油断はできん。気を引き締めるとしよう」

「そっすね！　どれだけ必勝の戦術を駆使した所で、使う者が気を抜いていたら、負け戦になることはあるっすから！」

「そのとおりだ」

「それにしても、なんでこの雑誌、こんな所に捨ててあったんでしょうね。しかもヒューマンの雑誌……」

雑誌を捨てるのに、特に理由などない。読み終わった者が、大した考えもなく捨てたのである。

が、二人はそうは考えない。

こんな貴重なものを、意味もなく捨てるとは考えられないからだ。

ましと、一時間程度の労働で手に入る金額で売られているなど、夢にも思わない。

「……まさか、先程の男が？」

「あっ、そうっすよ！　絶対そうっすよ！　ヒューマンだったし、ヒューマンの雑誌を持っててもおかしくないっす！」

思い出すのは国境付近で出会った、あの男。

愛と平和の使者エロール。何やら不思議な雰囲気を持つ男であった。恐らく、彼がバッシュたちの話を聞いて、わざわざ雑誌を落としておいてくれたのだろう。

なぜなら彼は〝愛〟と平和の使者だから。

「次に会った時は、礼を言わねばならんな」

「そっすね！」

二人は、国境で助けてくれたことのみならず、こんなものまで用立ててくれた彼に感謝した。

きっと彼は困惑するだろう。実際は雑誌なんて落としていないから。

「さて、それで何が書いてある？」

「えーと、なになに……？　えーと、今更聞けないビースト族の恋愛観・結婚観……結婚を前提としたお付き合いを目指すコーディネート……おお、これはすごい情報っすよ！

これがあれば、ビースト族の嫁を見つけるのなんて、赤子の手をひねるようなもんっすね！」

「本当か！」

町に入る前に見つけた、虎の巻とも言える雑誌を手に入れ、テンションを上げる二人。

そこには、まさにバッシュが欲しいと思っていた情報が溢れていた。

「えーと、まず今のビス女のトレンドは……」

「ふむ……」

さらに詳しく読み込んでいく二人。

その表情は真剣で、もし何も知らぬ者が見たなら、軍議において絶体絶命の状況を覆す作戦を考える軍師たちを幻視しただろう。

雑誌を手にしたバッシュの未来は明るかった。

■　■　■

ビースト国、首都リカント。

ここは首都と名はついているものの、比較的新しい町だ。

戦後、長らく使われていた要塞を解体し、人の住める場所に作り変えるのに一年。人々が移り住み、各々が生活を始めて二年。全てが真新しく、全てが綺麗だが、どこかまだ空虚な感じを受ける町である。

そんな町であるが、ビースト族は住みたがった。王族に当たる王位種が住居を構え、それにビーストの貴族階級である上位種たちが続く。

彼らを慕う中位種と、住む場所を失った下位種もそれに付き従う。

青の森に残るビーストの上位種たちは、リカントに住もうとする者を手厚く援助した。

なぜ彼らがここにこだわるのか。

それは、ここが彼らにとっての聖地だからだ。

彼らの信じるリカント教の発祥の地であり、聖樹のそびえる地。

ビースト族にとって特別な場所なのだ。

そんな町だからこそ、よそ者には比較的寛容であった。

聖地という場所ではあるが、ビースト族が一体となって、この町を復興させなければという情熱に燃えていた。

第三王女イヌエラの結婚式も、その一環であったと言えよう。

首都リカントは、戦後三年でここまで素晴らしい町となった。ビースト族の聖地と呼ぶにふさわしい場所となった。

そんなお披露目を兼ねての式典だ。各種族の王侯貴族が招かれ、各国の一般市民にも大々的に宣伝された。第三王女の結婚に際し、屋根のない者には無償で宿を、腹をすかせた者には無償で食べ物を、仕事のない者には仕事を提供した。

諸君らはただ祝ってくれればいい、と。

祭りである。

だからこそ、リカントを守る衛兵は、町中の騒ぎに対しては敏感であったが、やってくる者に対しては寛容だった。

ヒューマンやエルフ、ドワーフはもちろん、リザードマンやハーピー、フェアリー、果てはサキュバスやデーモンすら、無条件で町の中へと招き入れた。

オーク以外は。

「お……」

町の入り口に立つ兵士は、道から来る人混みの中に緑色の肌と長い牙を持つ種族を見かけて、声を上げかけた。

だが、それ以上の言葉を発することはできなかった。

なぜなら、そのオークが一分の隙もない服装をしていたからだ。

まず、ビースト国の住民がよく身に着ける、前開きの着物。材質は布ではなく毛皮、おそらくアオシマ狼(おおかみ)のものだが、オークの緑色の肌に妙に似合っていた。

それから、クテン樹(じゅ)の皮を帯として腰に巻き、背中の剣はウロコウサギの毛皮に包み、足にはビッグイータープラントの蔓(かずら)で編まれた靴を履いている。

それだけではない。ほんの僅かだが、花の香りもしてくる。オーク特有の生臭さはない。水浴びをして、香水をつけているのだ。

それは、まさにビースト族の正装であった。

ビースト族は普段は麻や綿といった素材を用いた服装をしているが、重要な式典の際には、狩猟の神への感謝を込めて、全身を動物で固めるのだ。

「お、おま、お……」

兵士は、言葉を失ってしまった。

オークは通さない！　俺たち元重犬兵団の名にかけて！

それは、公には口にされていないが、兵たちの中で共有されている気持ちだった。

だが、今まで、ここまで完璧な服装をしたオークが来たことはあっただろうか？

オークが、ここまでビースト族の文化に合わせてきたことがあっただろうか？　ない。それどころか、ヒューマンやエルフでさえ、わざわざビースト族の正装を身に着けてはこない。

それが悪いわけではない。

悪いわけではないが、各国の重鎮がビースト族の文化に合わせてくれるというのは、ビースト族にとっては嬉しい出来事なのも確かだ。

そんな服装を、このオークはしていた。

オーク国から、遠路遥々ビーストの式典に参加しに来たのだと、一目でわかる服装だった。

それも、香水をつけるなど、ビースト族の利きすぎる鼻への配慮までしていた。

「通るぞ?」

「あ、はい!」

門番の兵士とて、オークが来たら命に替えても通さないつもりだった。

だが、あそこまで完璧な服装で来られては、あそこまでの配慮を見せられては……何もできず、何も言えず、オークを見送るしかなかったのだった。

３．雰囲気抜群！　人が多くて、お酒の飲める所！

首都リカントは第三王女の結婚式の直前とあってか、人で溢れていた。

様々な種族がいるが、特に多いのはやはり国民であるビーストだ。

ビーストは他の種族から見ると、個性豊かと言えるだろう。

獣がそのまま直立歩行を始めたような者から、ヒューマンに獣の耳が生えた者まで。

獣としての特徴も様々だ。犬に近い者、猫に近い者、ウサギに近い者、シカのような角を持つ者、クマのような体格を持つ者、また、それらの特徴を幾つか併せ持つ者……。

当のビースト族からすると、せいぜい鼻が大きいだとか、まつげが長いだとか、髪の毛にクセがあるといった程度の認識なのだが、ビーストをよく知らぬ種族からすると、その多種多様な様子は、異様にも映るだろう。

こうした特徴は、戦争初期はなかったと言われている。

当時は、誰もが完全に獣に近い姿であった。

だが、戦争が激化するにつれてビースト族はヒューマンやエルフ、ドワーフといった種族と交わるようになる。

その結果、ビーストの特徴を消していったのだ、と。

そんな人々の中を歩く大きな影があった。

道行く人々はその影を視界に入れると目を見開き、通り過ぎた後に振り返って二度見した。

「それにしても、こうして見ると、ビーストも色んなのがいるっすね」

「そうだな」

バッシュである。

彼は雑誌に書いてあった通りの服装を身に着け、町を歩いていた。

完璧な服装を用意できた、とバッシュは思っていた。

情報をもとに作戦行動をとるのは、戦時中に幾度となく繰り返してきた行為だ。

特にデーモン王ゲディグズが存命中は、作戦は微に入り細を穿(うが)つものであった。

作戦通りに動けば勝利を摑(つか)み、作戦を少しでも間違えたり、雑に行ったりすれば敗北する。

ゲディグズの死後、あるいはレミアム高地の決戦のあたりでは、バッシュ自身が強くなりすぎたため、作戦を細かく守る必要はあまりなくなってしまっていたが、それでも作戦を完璧に実行することの意義は知っていた。

だから、全て雑誌の言う通りにした。

雑誌に、『今、最もモテる服装！』と書かれたものがあれば、赤の森を駆けずり回って獣を狩ろうとし……偶然にも魔獣に襲われていた旅の商人と出会い、救出。商人は何度も感謝を言いながら、雑誌とまったく同じ服装をバッシュに譲ってくれた。それどころか、サイズが合わなかったものを、夜なべして仕立て直してまでくれた。

ゆえに服装は完璧である。

「旦那的にはどんな娘がいいっすか？　やっぱ、あんまり獣くさいのは嫌っすよね？」

「えり好みするつもりはない」

バッシュに、ビースト族の好みは特にない。

ヒューマンやエルフに近い者でも、犬や猫に近い見た目の者でも、女であれば問題なかった。あえて言うのであれば、ドワーフのような感じや、リザードマンのような感じはあまり好ましくはないが。

「だが、やはりヒューマンやエルフに近い者がいいな」

バッシュはポツリとそうこぼした。

思い返すのはクラッセルで出会ったジュディス、シワナシの森で出会ったサンダーソニア、ドバンガ孔で出会ったプリメラといった面々だ。

彼女らは、誰もが美しく、麗しかった。

今だって全員を嫁にして、一人あたり五人の子供を産ませたいと思っている。

逃した魚は、大きく感じるものなのだ。

「やっぱそうっすよね！　ていうか、獣っぽいビーストって野蛮なんすよ！　息は臭いし、すぐ食べようとするし！　あ、ほら、今、見たっすか！　オレっちに釘付けっすよ！　よだれまで垂らして！」

バッシュがゼルの言う方を見ると、確かによだれを垂らしているビースト族がいた。

その視線は、ゼルの奥、焼いた肉を売っている店に釘付けだが。

「ま、オレっちが結婚するわけじゃないっすからいいっすけどね！　さぁ、旦那。まずは雑誌に書いてあった通り、雰囲気のいいバーへと向かうっすよ！」

「ああ！」

二人が向かう先は、首都リカントで人気ナンバーワンのバーだ。

なぜそんな所に向かっているのか。それは、雑誌に書かれていた一文が原因だった。

曰く、

『【雰囲気抜群！】人が多くて、お酒の飲める所でゆったりと口説いてみよう！【夜のバー特集】』

ビースト族の女は、二人きりになるより、大勢がいる場所で口説かれる方がいいらしい。

ゆえに、バッシュはリカントに入り宿を取った後、すぐに決戦の地へと足を向けた。

そう、雑誌に書いてあった、首都リカントで人気ナンバーワンのバーに！

「……む？」

「おや、この音は……」

と、そんな二人の耳に、不快な音が聞こえてきた。

豚の断末魔と、牛の断末魔の中間のような不協和音。

ボロンボロンと、何か見たくないものがまろび出てきそうな雑音。

「へいへいへ〜ぃ、いぇいぇ〜い♪　へいわぁ〜、って、いいなぁ〜♪　みんなぁ〜、なあかぁ〜よぉしぃぃ〜ぃえ〜い♪」

そして、ヘタクソすぎる歌。

道行く人々は、誰もが耳を押さえ、顔をしかめて、彼の前を通り過ぎていく。

「あれ、エロールさんじゃないっすか！」

恩人であった。

国境で助けてくれて、バッシュに雑誌をもたらしてくれた、あの愛と平和の使者エロールだ。

彼は道端に座り込み、完全にキマった顔で自分の歌に悦に入っていた。

「エロール！」

バッシュが声を掛けると、彼は顔を上げ、目を見開いた。

「お？　おお！」

そしてすぐさま立ち上がると、バッシュの前まで来て、バッシュを頭のてっぺんから足の爪先まで、まじまじと眺めた。

「これはバッシュ殿！　見違えたな！」

仮面をかぶっているため表情は窺い知れないが、その声音は驚きと歓びにあふれていた。まるで期待していなかった相手が、自分の期待以上の働きをしてくれたような、そんな声音だった。

「いやはや、遅い遅いと思っていたが、その服を調達していたんだな！　さすがはオークの英雄！　オークとは思えないほどの思慮深さ！　いやはや、予想以上だよ！」

「お前のお陰だ。助かっている」

「国境でのことかな？　まぁまぁ、あのぐらいは当然だよ！　さぁ行こう！　案内するよ」

エロールはそう言うと、嬉しそうにバッシュの手を取り、引っ張り出した。

「待て、どこに行くつもりだ」

「どこって……」

「俺は、これから行く所がある」

「行く所……？」

「ああ、人が多く、酒が飲める場所だ」

バッシュがそう言うと、エロールは一瞬きょとんとしたが、やがて合点がいったように笑った。

「ははは。面白い言い方ですね。でも大丈夫、行き先は同じですよ！」

「む？」

「君も、そのために来たんだろう？」

なぜこの男がバッシュの行き先を知っているのか……その疑問に答えたのは、バッシュの耳元に飛んできたゼルだ。

（旦那旦那、よくよく考えてみれば、あの雑誌を我々にもたらしてくれたのは、このお方なんすから、行き先ぐらい予想が付いて当然っすよ）

（ふむ、それもそうか）

（むしろ、雑誌に書いてあったバーよりいい所に連れてってくれる可能性すらあるっす

よ)

(なるほど！)

ゼルの言葉に納得し、バッシュはエロールに向き直った。

「そうだ。案内を頼めるか」

「まかせてください」

バッシュはエロールに連れられ、首都リカントの中心部に向けて移動していくのであった。

■ ■ ■

バッシュが連れられてきたのは、首都リカントの中心部にある、巨大な宮殿の中庭だった。

バッシュが今まで見たこともないほど、きらびやかな空間だった。

宮殿の中庭に作られた庭園に大きなテーブルが運び込まれ、山程の料理が用意されており、そこにいる人々もまた、色鮮やかな布の衣装に身を包み、金銀宝石の装飾品で着飾っていた。

見ているだけで、目がチカチカしてしまいそうなほどだ。

エロールはバッシュをここに連れてきて「じゃあ、私は挨拶回りをしてくるよ。君はゆっくり、くつろいでいてくれ。料理でも食べながらね」と言うと、足早にどこかへと去っていってしまった。

バッシュとゼルはポツンと残された。

「どうするっすか？　ここ、目的の場所じゃないっすよね？」

「……だが、条件は揃っている」

そこは雑誌に書かれていた場所ではなかった。バーですらなかった。

しかし、人は多かったし、どうやらお酒も飲み放題のようだった。

「ならば、やることは一つだ」

戦場でもそうだった。

移動中、事前に聞いていた戦場とは異なる場所に連れていかれることも、多くあった。

聞いていた戦況と違う状況に放り込まれることも、多々あった。

バッシュは、その全ての戦場で生き残ってきた。

だからこそバッシュは思うのだ。予想と違っても、目的が一緒なら、やるべきことも一緒だ、と。

「雑誌には、バーに来て何をしろと書いてあった？」

「素敵なバーで赤い果実酒を傾けつつ、女性からの誘いを待つ……それが、雑誌に書いてあった必勝法っすね」

「なるほど」

バッシュは周囲をキョロキョロと見渡すと、テーブルの一角に目当ての酒があるのを確認し、それを手に取った。

小さなグラスに入った果実酒。

飲んだ気がしない量であったが、今回は酔っぱらうことが目的ではない。

バッシュはそれを手に持ち、文字通り傾けつつ、会場の隅に落ち着いた。

体幹に優れたバッシュの手に掛かれば、傾いた杯は最初からそういう物理法則で存在しているかの如く、微動だにしない。

もちろん、それを口に含むことはしない。

雑誌には、酒を飲めとは書いてなかったからだ。

「それにしても、すごいっすね！　オレっちもヒューマンのパーティには何度か紛れ込んだことがあるっすけど、ここまで豪華なのは初めて見たっすよ！　ビーストは金がないなんて噂されてたっすけど、こういう所ではちゃんと使ってるんすね。あれ？　もしかしてこれやってるから金がないんすかね？」

「かもな」

「ま、金なんてどうでもいいっすね！　さぁ、うまいこと女の子を引っ掛けるっすよ！」

バッシュとゼルはそう言って、周囲の人々を見渡した。

種族は多種多様であるが、特にビーストとエルフが多かった。次点でヒューマンだろうか。ドワーフはそれほど多くはない。

誰もがバッシュをチラチラと見ては、訝(いぶか)しげな表情を浮かべている。

あれ、オークってここにいていいの？　と言わんばかりの表情だ。

「うーん。こうして見ると、ここは結構身分の高い人が多いみたいっすね」

「そうなのか」

「服がキラキラしてるっすからね」

見た所、ビースト族の男性はバッシュと似たような服装をしている者も多い。

だが、ビースト女や、エルフ、ヒューマンといった面々は、綿や絹を用いた着物の上から、ゴテゴテとした装飾品を身に着けている者が多かった。

もちろんバッシュに、服装の区別はつかない。

ただ、ここがパーティ会場であり、男女がにこやかに歓談しているということは見ればわかる。好色そうな笑みを浮かべて女性を囲む男性陣。女性もまた満足そうな笑みで彼らに応えている。そんな女性らの服装は、胸元とふとももが大きく露出していた。

男性、特にヒューマンの視線は胸元に釘付けだし、バッシュの視線もまた自然と胸元へ吸い寄せられ、鼻息も荒くなる。

「これだけ多いと目移りしてしまうな」

ビースト女はどの子も魅力的に見えた。

そう見えるのは、胸元の大きく開いた服を身に着けているせいだろう。

肌が見えているせいで、どうしても魅力を感じてしまうのだ。

「だめっすよ旦那。今回は待ちなんすから。新兵じゃあるまいし、待機命令を無視して突貫したら『オーク英雄』の名が泣くっす!」

「わかっている」

今回は自分から声を掛けに行くことはしない。

雑誌には、ひたすら待てと書いてあった。だから待つのだ。

ちなみに、バッシュはイマイチ理解していないことであるが、それには理由がある。

ビーストは女性上位の国である。王は女性であるし、要職にも女性がつくことが多い。

古より群れのリーダーはメスである、というのが彼らの歴史であり、文化なのだ。多夫一妻の制度もある。

そんなビースト族の恋愛は、ヒューマンのそれと大きく違う。

顕著なのは男性側の女性に対するアプローチだ。

彼らは己の強さを示すため、町の外で狩りをして、そこで得た獲物の素材を身にまとい、女性が声を掛けてくるのを待つのだ。

戦争中は、倒したオークの牙やデーモンの角を身に着けている者も多かった。

より強い男性をより多く夫としている女性は、群れのリーダーとしての格が上がると言われている。

「なかなか、声は掛からないもんすね」

「ゼルこそ落ち着きがないぞ。待ち伏せというものは、時間が掛かるものだ」

「いやー、オレっちってばフェアリーオブザフェアリーっすからね。じっとしてるのは苦手なんすよ。じっとしていると、オレっちの内なるフェアリーな部分が囁いてくるんすよ。その背中にある羽は何のためにある、今こそはばたけ、天高く飛べって。あ、また聞くっすか。セントール渓谷でのオレっちの――」

ゼルが、まだバッシュが戦場にいなかった頃の武勇伝を語ろうとした、その時だ。

「キャアアアアアアァァァァァァ！」

悲鳴が上がった。

「なな、何事っすか⁉」

ゼルが声を上げてキョロキョロと周囲を見渡す。

と、周囲の視線は、まさにゼルに集中していた。

さもあらん。ゼルはフェアリー界のスーパースター。武勇伝を語れば、誰しも黄色い声を上げるものだ。

「オークよ！」

違った。

絹の着物を身に着け、虎の毛皮を山賊のように羽織ったビースト女の一人が、バッシュを指差していた。

誰もがバッシュに注目していた。

バッシュはオーク界のスーパースターだから、さもあらんことではあるが……。

「なんでオークがここに⁉」

「おい、オークが女を襲っているぞ！」

「衛兵！　衛兵はどこだ！」

「つまみ出せ！　いや、袋叩き(ふくろだた)きにしろ！」

女の悲鳴から、一瞬で場が騒然とし始めた。

バッシュから離れようとする者、衛兵を呼ぼうとする者、腕まくりをしてバッシュに向かってくる者。

様々ではあるが、さすがのバッシュも自分が歓迎されていないことは理解できた。

「待ってほしいっす！　このお方はただのオークじゃないっすよ！　恐れ多くも先の戦争にて圧倒的な戦功を立てた、オーク族の重鎮、オークでたった一人『英雄』の名を与えられた、地上最強のオークで、大体ここにだって連れられてきたんすよ⁉　あの仮面の、ほら、なんとかールっていう……」

ゼルは弁明しようとしていたが、誰も聞く耳を持たない。

次第にバッシュは囲まれていく。残念なことに、バッシュを囲んでいくのは、全員が男だった。

「騒がしいですね！　一体何の騒ぎですか？」

そんな中、会場の奥から声が聞こえた。

バッシュがそちらを向くと、生唾を飲み込みたくなるような美女が三人いた。

それぞれ獣の度合いは違うが、誰もが豊満な胸とむちむちの太ももをしており、そして、この場にいる誰よりも色鮮やかな服を身に着けていた。彼女らはバッシュを見ると、その動きをピタリと止めた。

「これは、姫様……」

「なぜかオークがこの会場にいまして」

「ご安心を、今すぐ叩き出しますので」

姫様。その名を聞いて、バッシュの記憶にある単語が浮かんできた。

ビーストの六姫。ビーストの女王が産んだ、六人の美姫。六人とも絶世の美女であり、強く賢いという噂の……。

「……美しい」

実際、目の前にいる三人もまた、バッシュの想像を絶するほどの美女であった。

黒猫のような毛並みと、金色の目を持ち、しなやかな体つきをした姫。

ふわふわの毛並みと、黒い目を持ち、豊満な体つきをした姫。

やや硬そうな毛並みと、青い瞳を持ち、狩猟犬のようながっちりした体つきをした姫。

三者三様。姉妹という割に、獣の度合いも違うが、しかし美人だと誰もが認めるであろう、噂に違わぬ美姫。

ただ、三人はそんな言葉など聞いていなかった。

バッシュを見て、目を見開いていた。

三人とも、先程まで浮かべていた微笑が消え、瞳孔がすぼまっていた。

「貴様は……」

三人の内一人がその名を呟いた瞬間、騒いでいた者たちがピタリと止まった。

止まったのは、全てがビースト族だった。

エルフやヒューマンは、混乱と困惑はすれど、彼らのように騒いではいなかった。

そして、混乱の収まったビースト族の瞳には、別の感情が渦巻いていた。

誰もがギラついた視線をバッシュへと向けてきた。

憎悪の視線だ。

「その姿、知らぬ者は多けれど、その名を知らぬ者は、この場におらぬ」

姫君たちが、バッシュの前へと進み出る。

それと同時に、彼女たちの護衛と思しき屈強な男たちも、彼女らを守るように前に出る。

その顔にもまた、憎悪の表情が張り付いていた。

同時に、喧嘩を売ってはいけない相手に喧嘩を売っていると気づき、死への恐怖も感じているようだったが。

「『オーク英雄』バッシュ！　ビーストの勇者レトを、我らが叔父を殺した者！」

◆　◆　◆

勇者レト。

彼は、レミアム高地で、デーモン王ゲディグズと戦い、名誉の戦死を遂げた英雄だ。

と、いうことになっているが、真実は少し違う。

確かに、勇者レトはデーモン王ゲディグズと戦った。

ヒューマンの王子ナザール。エルフの大魔導サンダーソニア。

ビーストの勇者レト。ドワーフの戦鬼ドラドラドバンガ。

その他、十数名と共に敵陣深くに潜入し、デーモン王と戦い、これを倒した。

犠牲は大きかった。決死隊は戦鬼ドラドラドバンガを含め、ほぼ全員が戦死した。

だが、ゲディグズが死んだ時、レトは死んではいなかった。

全身傷だらけになりながらも、生きていた。なんなら、魔力を使い果たして気絶したサンダーソニアより、まだ元気だったと言えるだろう。

だが、そこに現れたのだ。

一人のオークが。

当時、戦場で噂（うわさ）になっていた、緑の悪魔が。

後の『オーク英雄（ヒーロー）』――バッシュが。

ナザールとレトは、戦おうとした。

だが、相手はバッシュだ。いかにビーストの勇者、ヒューマンの王子といえど、満身創痍で勝てるはずもなく、一瞬で蹴散らされた。

あるいはサンダーソニアが起きていれば、ドラドラドバンガが生きていれば話は違ったかもしれない。だが、ナザールは傷を負い、レトの体力も限界だった。

ましてそこは敵陣の真っ只中で、長い時間を掛けて戦えば、また別の敵が湧いてくるだろうことも予想された。

だから勇者レトは言った。

『ここは俺にまかせて、先に行け』

ナザールはその言葉に従った。

誰かが、帰る必要があった。

誰かが皆に、ゲディグズを倒したことを伝えなければ、その死は隠され、四種族同盟の猛者たちが戦死したという報だけが流れてしまう可能性があった。

そうなれば、四種族同盟の戦意はガタ落ちとなり、戦況は悪化。一瞬で押し切られるだろう。ゲディグズの死が判明した時には手遅れで、四種族は全て滅亡していることだろう。

それは避けなければならなかった。

ナザールはサンダーソニアを背負い、敵陣を突破し、報告を成し遂げた。

結果、四種族同盟はレミアム高地の決戦で勝利した。

そして後日……戦場跡にて、レトの死骸が発見された。

武器を叩き折られ、胴体を真っ二つにされた、無残な死骸が。

勇者レト。

レト・リバーゴールド。ビースト王族リバーゴールド家の王弟。

王族全てに愛され、尊敬されていた男……。

その名は大陸中に轟いていたはずなのに、首すら取られなかった。

ビースト族にとって、敗北は恥ではない。

名のある猛者というものは、それを討ち取った者の誉れとされる。狩猟の神を信奉する彼らは倒した獲物を糧とする。また、獲物に倒され、食料とされることもよしとしている。

ビーストが人間を食わなくなってから何千年も経過しているが、それでも戦で倒され、相手に首を掲げ、武勲とされることは、彼らにとって何ら恥ずかしいことではない。

むしろ、敵に倒したことを誇られるのは、ビーストにとって名誉とも言えるだろう。

だが、レトは打ち捨てられた。

敵の戦功にすら、されなかったのだ。まるで雑兵のように軽んじられたのだ。

英雄が、倒した者に名誉が与えられるはずの存在が、どこにでもあるゴミのように腐っていたのだ。

ゆえにビースト王族は、バッシュを恨んだ。心の底から憎んだ。

レトの死を軽んじたバッシュを、ビースト王族の敵となったのだ。

その日から、バッシュはビースト王族の敵となったのだ。

誰でも知っていることである。ビースト族なら誰しも。

そして、レミアム高地を生き延びた戦士もまた。

◆　◆　◆

そんな仇が現れ、この場が収まるわけもなかった。

姫はまさに激高し、バッシュに凄まじい怒りをぶつけていた。

「『オーク英雄』！　貴様がなぜここにいる⁉」

「……第三王女が結婚すると聞いてな」

「それで、おめおめとこの場に姿を現し、我が妹を、イヌエラを襲い犯そうというか！

我らの仇が！」

「そんなつもりはないが……」

「痴れ者め！　我らが貴様の横暴を許すと思うてか！　貴様の死体の皮を剝ぎ、我らビースト族の無念を晴らしてやる！」

姫はそう言い放つと、懐（ふところ）から剣を抜き放った。

「そうだ！　こんな所に姿を現したのが運の尽き！」

「敵（かな）わぬとわかっていても、我らが仇を討たねば、誰が討つというのか！」

残り二人もまた、追従する。

バッシュは一瞬で、三人の美女に囲まれることになった。あまり嬉（うれ）しくない囲まれ方だ。

そんな四人の間を、一匹のフェアリーが飛び回る。

「ちょ、ちょっと待ってほしいっす！　確かに旦那はレトを殺したかもしれないっすけど、あの戦場は混沌（こんとん）としてたんだから、仕方ないじゃないっすか！　あの戦場ではそんなこと山程あった。皆わかってることっすよね!?　オレっちだって、いつの間にか気絶してて、起きた時にここがあの世かって思ったぐらいっすもん。実際に、オレっちの戦友だって何人も死んだし……」

「関係あるか！」

止める者はいない。

姫たちは、今にもバッシュに襲いかかろうと、腰だめに剣を構えている。

「争う気はないのだが……」

話の流れはよくわからないし、目の前の麗しい女たちと殺し合いなどするつもりはない。

だが、ビーストが名誉と誇りにかけて本気で襲いかかってくるのであれば、オークの名誉と誇りにかけて戦い、勝たなければいけない。

バッシュは、背中の剣に手を掛けた。

「だ、旦那⁉　やるんすか⁉　ビーストの姫君を殺したりなんかしたら、また戦争が起きるっすよ⁉」

「わかってはいるが、俺が勇者レトを殺したのは事実だ」

「けど……」

一触即発。

その場にいた者たちの何人かは、その流れを見て体をこわばらせていた。

戦争は終わったのだ。誰もが、戦争中の恨みを忘れ、前を向いて生きていこうとしている。ビーストの姫とエルフの軍人の結婚だって、その一環だったはずだ。

だというのに、なぜこんな所でオークの英雄とビーストの姫が喧嘩を始めようとしているのか。

万が一、誰かが死んでしまえば、また戦争に逆戻りではないか。

オークの英雄は、あまり乗り気ではないようだ。

よく見れば、姫の護衛たちや、オークの英雄を囲むビーストたちには、若干の戸惑いがある。冷や汗を垂らし、本当にやるのかと言わんばかりに、視線をきょろきょろさせている。

姫たちだけは本気だった。

「……っ！」

殺気を隠そうともせず、今にもバッシュに斬(き)りかかろうとしていた。

姫たちの足に力がこもり、地面を蹴り飛ばそうとした、次の瞬間、

「これ、皆の衆、何が起きているのですか？」

鈴を転がすような声が周囲に響き渡った。

「……今宵(こよい)は嬉しい日。イヌエラお姉様がご結婚なさるのを祝う日だというのに、なぜこのような剣呑(けんのん)な雰囲気になっているのですか？」

バッシュはそれを見て、息を呑(の)んだ。

（なんと……可憐(かれん)な……）

それは、また美しい少女であった。

やや小柄ながらも、豊満な胸。男なら誰もがむしゃぶりつきたくなるような腰つき。

顔立ちはヒューマン、いやエルフに近いか。

細面には切れ長の目と小さな口が乗っかり、キツネに似た耳が生えている。

その立ち振舞いからは、さながら、せせらぎのような清らかさが感じられた。

「シルヴィアーナ……来ているのです。その嬉しい日に、嬉しくない輩（やから）が……」

「そうよ」

「レト様を殺したあの男が」

「ええっ？　ということは、こちらが『オーク英雄（ヒーロー）』のバッシュ様なのですか……？」

そう呼ばれた少女は口元を押さえ、困惑気味にバッシュの方を見た。

シルヴィアーナ。

そして、眉をハの字に曲げ、悲しそうに言った。

「しかし、お姉様方。もう戦争は終わりました。確かに我々はオークに、レト叔父様を辱（はずかし）めた者たちに、憎しみを抱いて生きて参りました。しかし、私たちはこのように聖地を復興させ、イヌエラお姉様はご結婚なさります。平和な時代なのです」

「まさか、あなたからそんな言葉が出てくるなんて……」

「バッシュ様も、遠路はるばるこちらまで来てくださり、イヌエラお姉様の結婚とビーストの栄光を祝ってくださっているのですから、私たちも、寛大な心で彼を許すべきではないでしょうか」

「どうしてそう言えるのです？」

「服装を見れば」

そう言われ、人々はバッシュの服を見た。

確かに、彼はオークにあるまじき服装をしていた。

ビースト族の正装を身にまとい、酒がたっぷりと注がれたグラスを傾けて持っている。

グラスの中身は満杯で、恐らく、まだ一滴も飲んでいないのだろうことが見てとれた。

オークは酒を飲むと暴れる者も多いから、自制しているのだ。

誰が見てもわかる。

彼はあくまでビーストの第三王女の結婚を祝いに来たに過ぎないのだ、と。

「それとも、私たちビースト王族は、それすら許さないほどに、心が狭かったでしょうか？」

姫たちはシルヴィアーナの言葉に、やや呆然としているようだった。

シルヴィアーナはその様子を見て、くすりと笑い、

「それに」

スッと目を細め、バッシュの方を見る。

イマイチ話の流れがわからず困惑しているバッシュに、すすっと寄っていく。

「レト叔父様を殺したオークと聞いて、もっと醜悪な方を想像していましたが、男らしく誠実そうなお方ではありませんか」

そして、バッシュの逞しい腕に、ぴとりと手を置き、そっと寄り添い、言った。

「私、一目惚れしてしまいましたわ」

バッシュに春が来た。

4．首都リカント人気ナンバーワンのバー

会場での騒乱から数時間が経過した。

『――ここは私の恋に免じて、この方を見逃してあげてください』

シルヴィアーナと呼ばれた姫の言葉で、その場は収まった。

とはいえ、バッシュがビースト王族に恨まれていることに違いはなく、会場からは退出することとなった。

別れ際に教えてもらったことだが、あそこは王宮リカオン。

第三王女イヌエラの結婚式の披露宴的なことが行われている場所だったらしい。

各国の貴族や王族が集まり、連日のように宴が行われているのだ。

エロールがなぜあそこにバッシュを連れていったのか、そもそもどうしてあそこに顔パスで入れたのか。

それを疑問に思う者はいなかった。

なぜなら、エロールが二人を連れてきたことを知っているのは、バッシュとゼルの二人のみ。

オークとフェアリーは細かいことを気にするタイプではないのだ。

むしろ、バッシュは感謝と同時に感動を覚えていた。

雑誌に書いてあった通りの服装をして、雑誌に書いてあった通りの場所に行ったら、雑誌に書いてあった通り、極上の女が釣れた。

ビースト国の第五王女シルヴィアーナ・リバーゴールド。

ヒューマン寄りの容姿をした絶世の美女が、あろうことかバッシュに一目惚れをしたと言い放ち、その豊満な胸をバッシュの二の腕に押し付けてきたのだ。

彼女は会場の出口までバッシュを送ると、バッシュの耳元に口を寄せ、聞いているだけでとろけてしまいそうな声音で、

『また、お会いしましょう』

と言って、バッシュの頬にキスをした。

そのあからさまな行為は、バッシュに期待をもたせるのに十分だった。

この極上のビースト女は、自分と恋愛関係になりたいのだ、と。

お陰でバッシュの息子は、ようやく生まれ出ることができるのかと、重い腰を上げてしまっている。

もはや、あの極上のビースト女を嫁にする日は、カウントダウンを開始していると言っ

ても過言ではないだろう。

今まで、これほどまで嫁探しが順調にいったことはあっただろうか。

いやない。

ヒューマンの時もエルフの時もドワーフの時も、ここまで順調ではなかった。

全ては、雑誌を提供してくれて、あの場に連れてきてくれたエロールのお陰だ。

少々問題は起きかけたが、結果を見れば些細なことだったと言えるだろう。

「エロール。奴には、感謝しなければな」

「そっすね。まさかあのビーストの姫君とあんな仲になれるなんて……」

現在、バッシュは元々行く予定だったバーにいた。

そこで酒を飲みながら、今日の成功を祝っていた。

「感謝してもしきれん。ヒューマンは情報収集に長け、作戦立案能力に優れているとは聞いていたが、あそこまでとは思っていなかった」

「オレっち、ちょっとヒューマンって種族を誤解してたかもしれないっす。小賢しい種族だとは思ってたっすけど、あそこまで他人のために行動できる奴もいるんすね……」

二人は口々にエロールを褒めたたえた。

二人の中でエロールは神格化され、もはや信仰の対象へと昇華されようとしていた。

さて、そんなバーには、バッシュと似たような感じのビースト族の男が何人かいた。

誰もがそろって赤い果実酒を飲んでいる。

まるで、それがナンパオッケーの証だとでも言わんばかりに。

実際、何人かのビースト男の隣には、ビースト女が座り、会話をしていた。

バッシュが来る前からそうだった者もいれば、バッシュが来てから、一人で飲んでいる男の下に寄っていった女もいる。

雑誌に書いてあった通りの光景だ。

もっとも、バッシュはガールハントをするつもりはなかった。

なにせ、先程最高のビースト女を引っ掛けたのだ。ビーストは多夫一妻の制度があるため、男側が大勢の女性に声を掛けるのは、よしとされていない。

エルフと同じように、一人に絞るのが最善だろうということだ。

オークの誇り的に、一人の女性の妾的な立ち位置に収まるのはどうかという点については、バッシュもまだそこまでは考えていない。

「また会おうって言ってたっすけど、いつっすかね」

「近い内だろう」

オークは嘘をつかないし、方便も使わない。

もちろん、社交辞令というものも知らない。

ゆえに、またお会いしましょうという言葉を額面通りに受け取っていた。

「とはいえ、油断はできないっす。雑誌に書いてあった通り、慎重にいかなきゃいけないっすよ！」

「わかっている。宿に戻ったら、もう一度雑誌を見直すぞ」

「うぃっす！」

雑誌には、実際に誰かと付き合うことになった場合のことも書いてあった。

ビースト族の必勝モテテクニックと称されたそれは、丁寧に交尾までの過程が書かれていた。

バッシュはその流れに従うつもりだ。

あの雑誌に書いてあることに、間違いなどあろうはずがないのだから。

バッシュは果実酒を傾ける。

酒をグラスの中で回し、匂いをかいで、ちびりちびりと舐めるように飲む。

豪快なオークの酒の飲み方とは違うが、雑誌に書いてあった必勝テクニックなので、練習しているのだ。

それから、しばらく時間が流れた。

穏やかな時間だ。バッシュに声を掛けようとする者もいなければ、バッシュが声を掛けることもない。ゼルと二人、昔話をしながら、ゆっくりと酒を飲む。

あるいはビーストの戦士の中には、バッシュとゼルの会話を聞いて、ぜひともお近づきになりたいと思う者もいたかもしれない。だが、ここは出会い目的のバー。男が男に声を掛ける場所ではないため、自重しているようだ。


「あらぁ？」


バッシュの後ろからそんな声が聞こえたのは、ゼルが果実酒の三杯目を飲み干し、つまみのピーナッツと、恋人のアーモンドを賭けて決闘を始めようとしていた時だ。

「……？」

バッシュが振り返るとそこには、美女がいた。

いや、美女と断定していいものか……。彼女は野暮ったい、ブカブカの焦げ茶色のローブに身を包み、目深に被ったフードとマスクで顔を隠していた。

わずかに露出しているのは、目元のみ。

見る者全てを魅了する優しげな瞳と、形の良い細い眉と透き通るような白い肌だけ。

口元はマスクで隠され、髪はフードの中に押し込められている。

ローブ姿からも、その胸や尻が女性的な曲線を描いているであろうことがわかるが、しかしそれだけ。

だが、その場にいる誰もが、確信していた。

ナンパ待ちの男のみならず、すでに隣に女が座っている男すらも、彼女を見て、こう思った。

絶世の美女が来た、と。

その場が全体的にそわそわとしだし、男たちは髪形を整えたり、姿勢を正したり、自分が最もよく見えるであろう角度になるように座り方を調整した。

席を立ち、声を掛けに行こうかと迷う者すら出始める始末だ。

「この国にオークなんて、珍しいわねぇ……」

女性の声であった。艶(つや)やかな声であった。

シルヴィアーナのとろけるような声とはまた違う、色気のある声。

しかしシルヴィアーナと同様にバッシュの胸をトクンとときめかせる、そんな魔力の籠もった声であった。

そして、そんな声は、バッシュへと向けられていた。

「あなた、どこかでぇ……ん⁉　いや、まさか、貴方、いえ、貴方様は……」

そんな声の主はバッシュをまじまじと見ると、やや驚いたような口ぶりで、バッシュの隣へと移動してきた。

「あの、もしや、『オーク英雄』バッシュ様ではありませんか？」

「……うむ。そうだ」

「私です！」

バッシュは、その声を聞いた瞬間、彼女のことを思い出していた。

「……ああ」

「憶えて、いらっしゃいませんか……？」

そんな美女が、顔を曇らせた。

悲しい、でも仕方ない、このお方から見れば自分なんてゴミなんだから……そんな顔だ。

「憶えている。『喘声のキャロット』」

「ああ！　嬉しい！　憶えていてくださったのですね！」

美女――キャロットは花のように微笑んだ。

実に嬉しそうに。本当に嬉しそうに。抜身の刃のような瞳を、想像もできないほどに細めて。

男性が見れば、ああ、この女は俺のことが好きなんだと絶対に勘違いするほどの笑みで。

しかし、バッシュの表情は硬かった。

「驚きました。この国に、貴方がいるなんて」

「俺も、お前がいるとは思わなかった……」

バッシュはそう言って、横目でチラリとキャロットを見た。

キャロットのローブの裾から、先端の尖った黒い尻尾がチラと覗いていた。

よく見れば、フードも不自然に盛り上がっている。角があるのだ。

「サキュバスは、国外に出るのを禁じられているのではなかったか？」

「いえ、他国において肌と髪を見せることと、あと他にも色々と禁じられているだけで、国外に出ていけないわけではありません……」

キャロット。

彼女はサキュバスだ。本来、サキュバスの民族衣装は薄着で、肌の露出が多い。

場合によっては、他の種族にとって恥部とされる場所が大きく露出している場合もある。

しかし、キャロットはその全てを覆い隠すような服装をしていた。

「このような場でバッシュ様に会えるとは思いもしませんでした……バッシュ様のような偉大な方が、なぜ……と、失礼。この場とその格好を見れば一目瞭然でしたね」

「そう睨まないでください。私も似たようなものですから……」

キャロットはそう言うと、目を細めた。

笑ったのだ。顔を隠しているため、バッシュに見えたのは、目がすっと細まったところだけ。

それだけでも、むわりと匂いがしそうなほどの色気が漂ってきた。

「求める相手でなくて申し訳ありませんが、お酒の席を共にしても？」

「戦友を無下にするつもりはない」

バッシュは色気に対し、股間の膨張を抑えつつ、ポーカーフェイスを保ちつつ、頷いた。

キャロットは嬉しそうに頷くと、スッと流麗な動作で椅子に腰掛けた。

「お久しぶりですね。いつ以来でしょうか」

「リーナー砂漠の撤退戦以来か」

「ああ、そうでしたね！　懐かしい……」

『喘声のキャロット』。

その性格は冷徹にして計算高く、勇敢にして残忍。

肉弾戦も魔術も高水準でこなし、一説にはかのサンダーソニアと互角の戦いを繰り広げたこともあるという。

常に前線で戦い続けた歴戦のサキュバスであり、猛者揃いのサキュバス軍において、最強と目される存在の一人だ。

その名は他国にも轟いており、特にエルフ軍においては、最も多くのエルフ男性を捕らえた存在として恐れられると同時に、忌み嫌われている。

「ふふ、とても光栄です。バッシュ様」

キャロットはそう言いつつ、バッシュのグラスに己のグラスを合わせる。

チンと涼やかな音がした。

「俺もだ」

バッシュはそう言ったが、できるだけキャロットの方を見ないようにしていた。

あの男らしいバッシュが、これほど女らしい女性を前にしてなぜ……と、オークとサキュバスの関係についてよく知らぬヒューマンなら思ったかもしれない。

だが、これは仕方がないことなのだ。

彼女らにとって、他種族の男というものは、食料に過ぎない。その美麗な容姿で釣って、下の口から栄養補給をする。彼女らにとって他種族が交尾としているものは、あくまで食事であって、性交ではないのだ。

そして大事なことだが、そうした行為によって子供ができることもない。

サキュバスが子供を作る場合、サキュバス同士でキスをする。彼女らにとって、口は食物を取り入れるためだけでなく、生殖のための器官でもあるのだ。

ともあれ、子供ができないのであれば、オークの嫁としては不適格である。

とはいえ、バッシュの真の目的が童貞をポイすることだというのは、賢明な読者諸兄もご存知の所であろう。

童貞を捨てられるなら、それでもいいじゃないかと、そう思う所だろう。

しかし、そうではないのだ。

それを説明するため、一つ昔話をするとしよう。


大昔。まだバッシュが生まれるより随分前のこと。

あるオークがいた。

そのオークは、肌の赤いレッドオークで、生まれた時から体格もよく、初めて剣を持った時に二つ年上のオークを打ちのめした、将来有望なオークだった。

そんな彼は、初陣で一人の女を連れ帰ってきた。

サキュバスだ。戦場で一人のサキュバスと意気投合し、共に敵を殲滅し、そのまま一夜を共に過ごし、ラブラブのまま帰ってきたのだ。

かくしてその男は、サキュバスを嫁にした。

オークにとって子供ができない性交など無駄の極みであったが、それはそれ、これはこれ。サキュバスとのくんずほぐれつの行為は最高に気持ちがよかったそうな。

オークらしく他のオークに裸の嫁を見せびらかしたり、激しい交尾を見せつけたり。

あのサキュバスを嫁にするなんて、そうそうできることではなかったため、男も鼻高々で毎日を過ごしていた。他のオークたちも、見目麗しいサキュバスを好き放題にできる男を、大層羨ましく思っていたそうだ。

しかし、その幸せはある日、終わりを迎える。

夫であるオークの男が、いつも通り意気揚々と肩で風を切って村を歩いていると、奇異な感覚に気づいた。

昨日まで普通に接していた者たちが、驚いたような、嘲るような、どこか余所余所しい、腫れ物に触るような態度で接してくるのだ。

男が不思議に思って友人の一人を問い詰めると、友人は暗い顔で、よく磨いた鏡を持ってきた。

男がその鏡を覗くと、見慣れた男の顔があった。

だが、その男の額に、見慣れないものがあった。

いや、見たことはある。なんなら、それを指差して笑ったり、嘲ったり、こき下ろしたりしたこともあった。

それが自分に付いているとわかった瞬間、怖気（おぞけ）が走り、血の気が引いた。

それは、オークメイジなら誰もが付いている証（あかし）だった。

魔法戦士の証。

童貞の紋章が、男の額に浮かび出ていたのだ。

……彼はその日、三十歳の誕生日だった。

その後、男と嫁のサキュバスがどこに行ったのか、知る者はいない。

オーク社会において、一般的な戦士が魔法戦士となるのは恥とされている。

たとえ、その経緯がどんなものであっても……。

ゆえに、恐らくいたたまれなくなって村を発（た）ち、どこかで死んだのだろう。

その一件は、オークたちに長く伝えられることとなる。なぜかサキュバスといくら性交をしても、童貞を捨てたことにはならない、と。

それどころか、サキュバスで童貞を捨ててしまうと、その後どれだけ他の者と性交しても、童貞の紋章が浮かび出てしまうのだ、と。

「……」

ゆえにバッシュはキャロットに言い寄らない。

バッシュが一晩の逢瀬を望めば、きっと彼女は喜んで応じてくれるだろう。

童貞も捨てられる。あるいは俺のものになれと言えば、昔話に登場するレッドオークと同じような毎日を送ることもできるだろう。

だが、それは戦士バッシュの終わりを意味する。

さらに魔法戦士バッシュの始まりを意味してしまうのだ。

バッシュにとってはこの世の終わりとも言えるだろう。

「皮肉なものですね。私は最強のサキュバス軍人として、貴方は無敵のオークの英雄として、あらゆる敵を打ち破り、その勝利の果実を食べてきたのに、こんな所でさもしく相手を見繕わなければならないのですから」

「そうだな」

対するキャロットもまた、必要以上にバッシュに接近しなかった。

腕を絡めたり、胸を押し付けたり、口元を耳に寄せて囁いたりはしなかった。

サキュバスは全ての男性を食料として消費することができる。しかし、だからこそ、尊敬に値する男性を食料として見ることは失礼とする文化があった。

「戦争の時代は、いい時代でした。自分の好みの男を、好きなだけ捕まえて、好きなだけ食べることができた……今は、まるで残飯を漁る鼠のよう……」

「……」

「また、あの時代に戻りたい、辛く苦しくも自由に生き、自由に死ぬことができたあの時代に……そうは思いませんか？」

「……」

バッシュは答えない。

もし、今、この瞬間、全ての条約が破棄されて戦争が始まれば、バッシュはいともあっさり童貞を捨てられるだろう。それこそ、ヒューマンの国で出会ったジュディスあたりを捕まえて、思う存分に生を謳歌するだろう。

だが、それは夢物語だ。

今この瞬間、戦争が起きれば、きっとオークは簡単に滅んでしまうだろう。

オークキング・ネメシスは、オークという種の存続を望んでいる。つまり平和を望んでいるのだ。

ならば、バッシュが戦争を望むわけにはいかなかった。

「ふふ、冗談です……」

「そうか」

「でも、もし一緒に戦う機会があれば、その時はまた、肩を並べて戦う栄誉を、私にいただけますか？」

その言葉で思い返すのは、かつての戦いだ。

リーナー砂漠の撤退戦。

あの戦いで、サキュバス軍は追い詰められていた。リーナー砂漠は、今ではビーストの領土の一部だが、かつては砂地に住むリザードマンの領土だった。

その領土が奪われることとなった戦いは、ドワーフとヒューマンの混成軍による侵攻だった。

リザードマンと共闘していたサキュバスは、同胞を守るため、死力を尽くして戦った。

だが、実は湿地帯に住むリザードマンの大半は、砂漠が大の苦手であった。

サキュバスもまた、見晴らしのいい砂漠での戦いを得手とするわけではない。

もともと、リーナー砂漠の防衛にはオーガとハーピーの混成軍もついていたのだが、ゲディグズ亡き後、オーガもハーピーも己の領土を守るのに手一杯となり、砂漠より撤退。

そこを付け込まれる形となった。

オークは、ドワーフに追い立てられるリザードマンとサキュバスの援護に向かった。

だが、すでに戦線は崩壊し、砂地のリザードマンとサキュバスの混成軍は完全に包囲され、全滅の憂き目にあっていた。

彼らがリーナー砂漠を放棄し、撤退するまでの戦い……それがリーナー砂漠の撤退戦である。

その戦いにおいて、バッシュはいつもどおりの奮闘を見せ、サキュバスとリザードマンを救ってみせた。

そして、その時にサキュバス軍の指揮をとっていたのが、目の前の女であった。

バッシュもよく憶えている。

激戦を切り抜けた後、まだ隣に立っている者がいて、それが彼女だった。

交わした言葉は少ない。せいぜい二言、三言。記憶にも残っていない。

だが、バッシュが「激しい戦いだった」と記憶する戦場で、最後までバッシュの隣に立っていた者は少ない。

大抵はついていけずに脱落するか、逸れるか、あるいは戦死した。

バッシュについていけるということは、それだけの力を秘めた、頼れる一流の戦士であることに他ならない。

だから、彼女のことはよく憶えていた。

ついでに思い出すのは、戦いの度に揺れる乳房だが、バッシュは、その乳房の記憶を振り払った。

今、思い出してはいけないものだ。

せめて思い出すのであれば、童貞を捨ててからでなければいけない。

童貞を捨てた後であれば、きっとＷＩＮ－ＷＩＮの関係となれるだろう。

「無論だ。その時はこちらからもお願いしよう」

「……ふふ、ありがとうございます」

キャロットは微笑んだ。

顔の大半は隠されていてわからないが、美しく、魅力的な笑みだとわかる。

もし、キャロットがサキュバスだと知らなければ、バッシュは彼女にプロポーズをしていただろう。

サキュバスという種族は、常時フェロモンを発している。男性を惹き付け、魅了するフェロモンだ。

しかし、そういうものだと知っていれば、バッシュとてブレーキは掛けられる。

「貴方は、勇敢でしたね。まだ憶えていますよ。ドワーフの猛将ゴルドドロフが側面から突撃してきて、絶体絶命だと誰もが思い、サキュバスやリザードマンが恐怖に叫び恐慌にかられる中、貴方だけは冷静に迎え撃った」

「お前も逃げなかった」

「ふふふ、お褒めに与り光栄です……けど、本当は他の人たちと一緒。逃げたくて逃げたくて、怖くて怖くて仕方がなかった。責任があったから、それを表に出さなかっただけ……」

それからしばらく、バッシュとキャロットは戦争時代の思い出話に花を咲かせた。

最初の方こそ女性遍歴を聞かれないかと緊張していたバッシュだったが、次第に故郷の酒場でも話したことがないほど饒舌に自分の手柄と戦いについて語り始めた。

キャロットは、とても話しやすかった。

気持ちよく飲み、気持ちよく語った。

この女がサキュバスでなければ……いや、たとえサキュバスであっても、童貞でなければそのまま押し倒していただろう。

食料にされるのも、この女ならいい。ずっと一緒にいたい、この女は俺を理解してくれている。

そう思わせるのが彼女の手管であることは、あるいはヒューマンの娼婦などが見ればわかっただろうが、童貞のバッシュにわかるはずもない。

ちなみにゼルはカウンターテーブルの上で宿敵のアーモンドと仲良く寝ていた。喧嘩をして川辺で殴り合って、今はすっかり恋人だ。ピーナッツ？　昔の女だよ。

「積もる話はありますけど、これぐらいにしておきましょうか」

「そうだな」

もし、キャロットが本気でバッシュを餌として狙っていたなら、きっと彼女はこうは言わなかっただろう。

おもむろにバッシュの肩にしなだれかかり、胸を押し付けつつ、潤んだ目で酔ってしまったことを告げるだろう。そしてバッシュがたまらずキャロットをお持ち帰りしてしまいそうな言葉を囁き、まんまと釣り上げたに違いない。

あるいはバッシュが童貞でなければ、自分からキャロットを抱くための言葉を発しただろう。サキュバスは子供を孕めないが、それはそれ、これはこれ、望めば抱ける女を抱かなくてどうするんだ。俺はオークだぞ、と。

「ふふ、それでは、またの機会に」

しかし、そうはならなかった。

キャロットは最後までサキュバスとして礼節を保ち、バッシュは童貞だった。

「ああ」

バッシュはキャロットの甘い残り香に鼻をひくつかせつつ、女性との楽しかった会話に後ろ髪を引かれつつ、別れを告げたのであった。

5．仮面の聖女オーランチアカ

首都リカント中心部、王宮リカオン。

庭園、建物、内装、どれもが新しいそこは、結婚する第三王女のため、金銀宝石によって美しく飾り立てられている。

それだけではない。

第三王女の結婚が大々的に発表されてから一ヶ月、結婚式に向けての準備が着々と進められていた。

ビーストの第三王女イヌエラと、エルフの軍人トリカブト大佐の結婚。

それは世界的に見ても、非常におめでたい出来事だった。

ただおめでたいだけではなく、両国の結びつきをさらに強めると同時に、他国への牽制(けんせい)の意味も込められた、政治的にも意味のある結婚だった。

ゆえに、エルフとビーストの王族は、それぞれの威信をかけ、その結婚式を戦後で最も豪華なものにする予定であった。

そのため、潤沢な資金を惜しげもなく使い、祭りを開催し、世界各国へと喧伝(けんでん)し、各地から著名な人物を招待した。

が、当然ながら、それを面白く思わない者がいる。

それは、エルフとビーストが力をつけることを望まぬヒューマンの貴族であったり、せっかくの金儲けのチャンスに蚊帳の外に置かれたドワーフの商人であったり……トリカブトの所属する派閥と敵対するエルフの貴族であった。

■ ■ ■

「――つまり、このトリックを使えば、毒が盛られたと推測される時間に、アリバイが存在しないヤツが出てくるってことになるわけだな！　うん！」

リカオン宮の一室は騒然としていた。

結婚式に招かれた各国のお偉いさんが集められ、一人の女性の言葉を聞いていた。

長い金髪から、尖った長い耳が覗いている所を見ると、エルフに違いない。

だが、その素顔は仮面で隠され、正体は知り得ない。

その場にいる誰もが知っていたが……誰も知り得ない。そういう暗黙の了解があった。

「ブーゲンビリア」

「ツッツ！」

そして、仮面の女性は、一人の女性を追い詰めていた。

短く切りそろえられた金髪に、長い耳。耳には大きなイヤリングが付けられているものの、片方だけ。もう片方は、仮面の女性の手に握られていた。

「なぁ、なんでこんなことしようとしたんだ？　トリカブトはお前の幼馴染だろ？」

ブーゲンビリア。

そう呼ばれた女性は、しばらくうつむいて震えていた。

だが、やがてバッと顔を上げて、叫んだ。

「あなたに……何がわかるんですか！　数百年も処女のあなたに！」

「おいやめろ」

「私は、ずっと昔から、トリカブト様のことを愛していた！　激しい戦いの合間の逢瀬を心の拠り所にしていた！　戦いが終われば、トリカブト様と一緒になれるのだと夢見てきた！　それが、こんな獣臭い宮殿で、毛むくじゃらの畜生と結婚だなんて！　許せるはずもなかった！」

「その話、処女と関係なくないか⁉」

「トリカブト様のためなら、どんな過酷な任務にも耐えられた！　命令されれば老人だって子供だって殺した！　でも結婚した後は、尽くすつもりだった！　愛していた！　家柄だって釣り合ってないわけじゃなかった！　それなのに、暗殺部隊の隊長と王族が結婚したら外聞が悪いと言われ、戦争中にオークに捕まって犯されたから汚い体だと言われ！　周囲に無理やり諦めさせられた私の気持ちが、わかるはずがない！」

「いや、わかるぞ？　私だってな……」

「わかってたまるか！　愛を知らぬ未通女なんかに！」

「いや、むしろオークに負けても犯されなかったせいで、臭いとか言われてた私の気持ちをわかってほしいけどな……？」

「そのオークにプロポーズされて、一転して浮かれていたくせに！」

「うっ……む……あ、ああ、そうだな。うん。私にお前の気持ちはわかりません……ごめんなさい……」

仮面の女性は冷や汗をかきながら謝罪すると、咳払い。

「ともあれだ！　それで、お前はその気持ちを反カブトギク派の連中に利用されて、下手人としてこんなことをしたってわけか」

仮面の女はそう言うと、指先でイヤリングを少し弄った。

すると、イヤリングの先から、ポタリと一滴の液体がこぼれ落ちる。

禍々しい紫色をした液体。誰がどう見ても猛毒である。

「……あのな。多分、あいつらもお前の気持ちなんてわかってないぞ？」

「……」

気を遣うように言った仮面の女に、ブーゲンビリアは複雑な表情をする。

しかし、もう引くに引けない所まで来てしまった。

この場にトリカブトはいないが、自分がビースト貴族を暗殺し、結婚式を中止に追い込もうとしていることまでバレてしまった。

未来は閉ざされたのだ。

「かくなる上は……」

ブーゲンビリアは、懐から短剣を取り出した。

禍々しく曲がりくねった短剣。エルフ軍の暗殺部隊の中でも、特に功績のあった者に与えられた、名誉の短剣。

暗殺部隊随一の実力を持つブーゲンビリアが、殺気をほとばしらせる。

「お、おい、やめろって！　早まるな！」

「全員殺してやる！　イヌエラも、トリカブト様も！　あ、あなただって！　こんな、こんな結婚認めない！　めちゃくちゃにしてやる！」

その場が騒然となる。

中には、剣を抜き放つ者や、魔力を手に込める者もいる。

いかに暗殺部隊のトップだったとはいえ、ブーゲンビリアは一人。この場にいる者は、全員が戦争を生き抜いた猛者だ。ブーゲンビリアと互角か、それ以上の実力者が何人も交じっている。勝ち目などない。

「なぁ、ブーゲンビリア。確かに私はお前の気持ちはわからないかもしれない。けどな、トリカブトもお前も、小さい頃から知ってるんだ。お前がトリカブトのことを好きだったのは気づかなかったけど、私はお前が決して悪いヤツじゃないってのは知ってる！　昔っからお前は強くて、弱っちいトリカブトをいじめっ子から守ってやってたよな……」

仮面の女の言葉に、ブーゲンビリアの瞳が揺れ動く。

「その恋が成就しなかったのは、残念だったと思う。エルフのために尽くしてくれたお前を、汚れただのなんだのと言った連中は、私がきつく灸を据えてやる。なんなら、私が直々に、公的な場でお前の功績を称えてやってもいい。うん、最初からそうすべきだったな！　色々忙しくて……いや、言い訳だな。最近は自分のことばかりかまけていて、お前たちにまで気が回らなかったんだ。許してくれ」

仮面の女の声音は、ブーゲンビリアにとって懐かしいものだった。

昔、同年代と喧嘩して泣かせたら、この人が来て、こうやって諭してくれたのだ。

両親を戦争で亡くしたエルフたちにとって、この人は母であり、教師であり、守るべき対象なのだ。

「それから、新しい恋を探そうじゃないか。うん。例えばそうだな、シンビジウムなんかどうだ？　同じ暗殺部隊の。あいつも、確かまだ独身だったろ？　そりゃ、お前から見るとちょっと頼りないかもしれないけど、あいつも悪いヤツじゃないし、ちょっとそういう目で見てみたらどうだ？　なんだったら、私も手伝うぞ？　ん？」

仮面の女は、そう言って、ゆっくりと近づいてくる。

刺激しないように、隙あらばその手の刃を奪おうと。

しかし言葉は真摯だった。どこまでもブーゲンビリアを心配してくれていた。

「……！」

ブーゲンビリアは気づいた。

自分は今、決して刃を向けてはならない人に、刃を向けている、と。

エルフの至宝に、全てのエルフの母に剣を向けてしまっている、と。

「だから、なぁ、頼む。その短剣を渡してくれないか？」

そして、仮面の女は、そっと、ブーゲンビリアの頰に手を触れた。

その優しい手付きに、ブーゲンビリアは力が抜けていく。

カランと短剣が落ちた。

「ご、ごべんなざい………」

膨大な涙と鼻水と共に、そんな言葉が漏れた。

こうして、一つの事件と、恋が終わりを告げた。

■ ■ ■

その日の晩、仮面の女はリカオン宮にある客室の一つで、果実酒を傾けていた。

「……」

彼女が思い返すのは昼間のことだ。

今日、結婚式に呼ばれた賓客の一人が毒殺されそうになった。

未遂で済んだものの、もし死んでいれば、結婚式は中止となったかもしれない。あるいは、ビーストとエルフの間で戦争が起こったかもしれない。

「まったく……」

下手人は、仮面の女もよく知る人物だった。

ブーゲンビリア。

小さい頃からよく知っている子だ。まぁ、仮面の女は、大半のエルフの名前と顔と生い立ちを憶えているのだが、それは置いておこう。

彼女は下手人であったが、仮面の女の説得と懇願により、極刑に処されることはなさそうだった。相応の処罰は受けるだろうが、それは仕方あるまい。

そんなことより仮面の女が思い返すのは、追い詰められたブーゲンビリアの言葉だ。

正直、仮面の女には効いた。

未だに胸が痛かった。

「トリカブトめ、なんであいつあんなモテるんだ……？」

そんなボヤキを漏らしつつ、ちびりちびりと酒を飲む。

色気の欠片もない寝間着の上から腹巻きを巻き、椅子にぐでっと座った、だらしない格好だ。

「ん？」

と、部屋の扉がノックされた。

コンコンと、控えめな音に、仮面の女はそのままの体勢で声を上げる。

「誰だー？　開いてるぞー？」

「私です。夜分遅く申し訳ない」

男の声であった。それも、知っている男だ。

仮面の女は戦場でも数えるぐらいしか出したことのない速度で扉に張り付き、回りかけていたドアノブを押さえた。

「おや？　開いていないようですが？」

「すまん、先程鍵を掛けたんだった。うん。ちょっとそこで待っててくれ。すぐ開ける」

「はい」

　そこから仮面の女は素早かった。

　愛用している寝間着と腹巻きを超高速で脱ぎ捨てて、自分のカバンの中にシュート。

　賓客用に用意された、若干薄めの、下着が透けて見えるような部屋着に着替え、いや、これはちょっと恥ずかしいな、と呟き、カバンの中からカーディガンを取り出して、それを羽織った。

　姿見で自分の容姿を見て、恥ずかしくない程度にセクシーだと確認。よしと頷き、先程座っていた椅子に座り直し、果実酒のグラスを手に取る。

「よ、よし、入ってきていいぞ？」

「おや、鍵は……？」

「開いている」

　扉の向こうから苦笑するような気配がしたが、その理由については仮面の女はわからない。

なにせ、こんな夜分に、身内以外の男が訪ねてきたのは初めてで、テンパっていたのだ。

「失礼します」

「ああ、よく来……たな？」

仮面の女は一瞬、言葉に詰まる。

声から、扉の向こうにいる人物には見当がついていた。実際、部屋に入ってきたのも、その人物だ。

だが、その顔には、女の顔を模した仮面が付けられていたのだ。

「お前、なんだその仮面は？　ふざけてるのか？」

「サンダーソニア様こそ、自室でも仮面を外さないのですか？」

「わっ、バカ！　シーッ！　今の私は仮面の聖女オーランチアカ。サンダーソニアはここに来てないんだ！」

「なんでまたそんなことを……」

「いや、私が来ていると知れたら、トリカブトのヤツに気を遣わせてしまうだろ？　席次を変えたりとか、賓客用の個室をいい部屋にしたりだとか……ただでさえ結婚式の準備で忙しいのに、面倒かけられん」

「なるほど」

仮面の男は、苦笑して頷いた。

サンダーソニアは、元々戦争中は仮面を付けていた。自身の魔力を増幅させる仮面だ。

だからむしろ、身内以外には仮面を付けている方が自然なぐらいだ。

そんな彼女が仮面を付けて変装した所で、誰も変装しているとは思うまい。

ただ重鎮だから、偉い人だから、サンダーソニアと呼んでほしくないと言えば、誰もがそれに従うだけなのだ。

「お前こそ、なんなんだその仮面は」

「私も似たような理由ですよ。今の私は愛と平和の使者エロールといったところでして……それはさておき、今日はお見事でした。陰ながら見守っていましたよ」

「ふん、身内の不始末だ。私が尻拭いしなくてどうする」

「各地でそんな風に世直しをしているそうで」

「戦争が終わったからって、不始末をしでかす身内が多すぎるんだ」

仮面の女……もといサンダーソニアは、そう言ってフンと鼻を鳴らした。

シワナシの森から旅立ち、今に至るまで、各地でいい男を探してきた。

まずはヒューマンの国へ行き、そこからエルフの本国へと移動し、どちらでも空振りに

終わった。

どうも、戦争が終わってからというもの、エルフは各地で悪さをしているらしい。

特に、次期国王と目されるカブトギク王子と、そのカブトギクから王位をもぎ取ろうと画策するアズマギク王子の争いは激しく、国内のみならず、どれだけ国外に味方を作れるかという所にまで及んでいた。

サンダーソニアはその現場を見かける度に仲裁していたのだが、その結果、サンダーソニアはお忍びで各国を回り、自国民のした悪事を裁いていると噂(うわさ)されるようになってしまった。

ただ、結婚相手を探しているだけなのに。

「それで、愛と平和の使者エロール殿は、何の用だ？　こんな夜更(よふ)けに顔を隠して乙女の寝室を訪ねるなど、変な噂をされても仕方がないところだぞ？　そんな噂流れてみろ。お前はエルフの諜報(ちょうほう)部に追い回され、その仮面を無理やり剝がされた挙げ句、噂を立てた責任を取ってもらうことになる」

それは仮面を外して本名を名乗り、責任を取ってくれるなら、一晩の逢瀬(おうせ)もオッケーという誘いである。

なんなら今晩だけでなく、毎晩の逢瀬もオッケーと思っている。

遠回しすぎて伝わるはずもないが。

「……そうでしたね。確かに、こんな夜分に、純潔の乙女たる聖女オーランチアカ様の寝室を訪れるなど、配慮が足りませんでした。用が済み次第、すぐに退出させていただきます」

「あ……そうか。うん……そうしてくれ……」

自分の言った言葉を引っこめるわけにもいかず、サンダーソニアはスンと小さくなった。

彼女は「責任を取ればよろしいのでしょう？」と男が迫ってくることを期待していたのだ。良識ある人間が、エルフの重鎮たるサンダーソニアと一晩の火遊びをするはずがない。仮に良識がなかったとしても、サンダーソニアに手を出すリスクを無視できるほどの阿呆はそうそういない。

「少々、あなたのお耳にも入れておきたいことがありまして」

「なんだ？」

「例の者たち、やはり動いているようです」

その言葉にサンダーソニアが顔をしかめた。

「そうなのか？」

「この国にも、すでに侵入しているやもしれません」

「結婚式はどうなる？　中止するのか？」

「狙いがわからない以上、なんとも……ただ、女王は決行するつもりのようです」

「かの女王ならそう言うだろうな。気が強いんだ、あいつは……で、私は何をすればいい？」

「ひとまず今は、動けそうな方に情報提供と注意喚起をしているだけですので」

「……そうか。情報感謝する。気をつけておこう……それだけか？」

「それだけです」

「本当にそれだけか？」

「それだけです」

「そうか……」

サンダーソニアの脳が超高速で回転する。

この男、愛と平和の使者エロール。

その正体が独身男性であることを、サンダーソニアは知っている。

その仮面の下に隠された素顔がハンサムであることや、その家柄や、戦場での華々しい功績や、その他もろもろについても知っている。

悪くない相手だ。

「まぁ、おめでたい結婚式なんだ。無事に挙行させてやりたいものだよな！　うん！　私たちが裏で動いて、助けてやるか！」

「そうですね」

「時に、お前はそういう浮いた話はないのか？　ん？　お前が結婚とかすればおめでたすぎて世界が盛り上がるだろ？　もし相手がいないようだったら、そう、例えば……」

「私は、ある女性に操を立てております」

食い気味に言われ、サンダーソニアは黙った。

その女性は誰だ、と聞くのも躊躇われた。

聞いたら再起不能なダメージを受けるかもしれないから。

「そ、そうか……相手がいるならいいんだ。うん」

「では、そろそろ失礼します」

「ああ、うん。わかった。引き止めて悪かったな……」

「はい。サンダー……いえ、オーランチアカ様も、くれぐれもお気をつけください」

「もちろんだとも。私はエルフの大魔導サンダーソニアだぞ。気をつけるさ。十分にな」

エロールは一礼すると、部屋から退出しようとする。

サンダーソニアは後ろ髪を引かれる思いでそれを見送りつつ、引き止めるかどうか迷う。

と、そこでエロールは立ち止まった。

「ああ、そうだ」

「な、なんだ⁉」

「『オーク英雄（ヒーロー）』が、この町に来ていました」

「バッシュが？」

「王女の結婚を祝いに来たのでしょう」

「ほ、ほう……」

唐突に『オーク英雄』のことを聞かされて、サンダーソニアは動揺した。

だが、考えてみればバッシュがここに来るのは、そう不思議なことではない。

オークとビーストの友好を考えれば、この結婚式は絶好の機会なのだから。

「完璧な正装に、慎（つつ）ましやかな態度……自分を失わぬよう、お酒も飲まなかったようです。自分がビースト王族からどう思われているか、よく理解しているのでしょう。他のオークでは、あそこまではできない」

「だろうな。奴（やつ）は私にプロポーズしに来た時も、エルフの正装をしていたものだ。もちろん、断ってやったがな！　もちろんな！」

本来、オークが戦場で殺した相手の家族に頭を下げることなどないだろう。

お前も殺して一族を絶やしてやるぞと、嘲笑するのがオークという種族だ。

でも、バッシュなら、一族の誇りと名誉のためなら、自分の頭など軽いものだと下げてみせるだろう。

もちろん、バッシュの取った行動は謝罪とは少々違う。

他族の正装をして、正式な場に姿を現し、堂々と祝辞を述べる。

それは、オークが他種族を尊重しており、友好的であるというポーズだ。

「もっとも、ビースト王族は彼ほど理知的ではないようで、私が席を外している間に、英雄殿を激しく罵り、追い出してしまったようですがね……ああなるなら、ついていればよかった」

「なんだと……ビースト王族は馬鹿なのか？　気持ちはわかるが、やっちゃダメだろ、それは。大体、あつらは恨みを持ちすぎなんだ。戦争は終わって、みんな仲良くしようとしているのに、オークだけ敵視しちゃいけないだろ。子供かあいつらは」

「仰る(おっしゃ)とおり……でも、もし『シワナシの悪夢』であなたが殺されていれば、エルフも同じようなことをしていたと思いますがね」

「あー……まぁ、うちもヤンチャな子ばっかりだからな」

エロールはくすりと笑った。

数百年を生きたエルフを子供と言い切るサンダーソニアが面白かったのだ。

「英雄殿が、そのことを恨み、復讐など考えていなければいいのですが……」

「いや……奴はそういうのは考えないと思うぞ。うん。私に振られた後も、ケロッとして次の町に行ったしな。他のオークだったらこうはいかん」

「だといいのですが……『例の者たち』の動向も気になります。サンダーソニア様も、ゆめゆめ油断なさらぬよう」

「当たり前だ。私が油断なんかするか」

「ははは、いらぬお世話でしたね。では」

エロールは再度一礼をすると、部屋から退出していった。

部屋に残ったサンダーソニアは、果実酒をグイッと飲み干して、テーブルに突っ伏した。

『例の者たち』の動向も気になるし、バッシュのことも気にならないと言えば嘘になる。

が、それ以上にショックだったのは、別のことだ。

「はぁ~~~~~」

サンダーソニアは、大きくため息をつき、突っ伏したまま、誰にも聞こえないであろう小さな声で呟いた。

「あいつほどの男だから、そりゃ相手ぐらいいるよなぁ……」

旅を開始してから何度目かになる空回りに、サンダーソニアは大きく嘆息するのであった。

6．待てる男がモテる男

「朝か」

バッシュは宿で目を覚ますと、ぐっと伸びをした後、身支度を調えた。

お湯で体を清め、香水を振りかけ、ビースト族の正装に身を包む。

宿の一階で食事を摂り、また部屋へと戻ってくる。そしてベッドに腰掛け、腕を組み、目を閉じた。

気分は最高だ。

やはり作戦行動というものは、頭の良い参謀が考えたものに従うに限る。

思えば、デーモン王ゲディグズが生きていた頃はよかった。上から下りてくる命令に従うだけで、全ての戦で勝利を手にすることができた。

かの王がいなければ、バッシュは今のように強くなることなく、どこかで死んでいただろう。

「今日は来るっすかね」

ゼルは朝食のアーモンドをボリボリとかじりつつ、妖精の粉を小瓶に詰めていた。

食べかすもかなり入ってしまっている。今日の妖精の粉がアーモンド風味であろうことは間違いなかろう。

バッシュは動かない。

出かけるでもなく、鍛錬するでもなく、ただじっとしていた。

ガールハントに励むでもなく、バーに行くでもない。

「わからんが、待つだけでいいのは気楽だな」

彼は待っていた。

何を？

機会だ。

時、と言い換えてもいい。

バッシュは待っていた。先日出会った、あの極上のビースト女シルヴィアーナを。彼女は、必ず自分のもとに訪れるはずだと。

なぜなら、雑誌にこう書いてあったからだ。

『女の子がまた会いたいと言ったなら催促はダメ！　ガツガツ行くな！　マテる男がモテる男！』

ビースト族の恋愛の極意は『待ち』である。

雑誌にはそう書いてあった。ゆえにバッシュは待つことにした。世界中のあらゆる戦場を走り回ったバッシュは、正面突破が得意と思われがちだが、待ち伏せも得意だ。

必要とあらば、十日でも二十日でも、藪(やぶ)の中でじっと待つことができる。

そうして、目的となる敵が来なかったとしても、苦に思うことすらない。

まして、今待っているのは将来の嫁である。

苦であろうはずもない。むしろ、待っている時間こそが恋を燃え上がらせるのだ。

「……」

だからバッシュは待っている。

あの宮殿での騒動から今日まで。

日の出から、太陽が真上に昇っても、身動き一つせず。太陽が傾き始めても、身動き一つせず。太陽が沈む頃にもう一度食事を摂ったが、それ以後は身動き一つせず。町が寝静まった後は、ゼルと二人、交代で番をしつつ、待っている。

そうして、数日が経過していた。

バッシュは今日もまた、身を清め、食事を摂り、宿のベッドでじっと待つつもりだった。

これだけ待てば、普通は待っていても来ないとわかりそうなものであるが、バッシュはもっと長い時間待ち伏せを行い、成功したこともあった。

かの『蹂躙王』クーデルラントを倒した時も、待ち伏せからの奇襲によるものだった。

だからバッシュは待つ。

彼はきっと、いつまでも待つつもりだろう。ずっとずっと、何日も、何日も、いつまでも、いつまでも……。

そしていつの間にか、第三王女の結婚式が終わり、町全体の結婚ムードも消え、バッシュの額に童貞の紋章が現れて、ようやく気づくのだ。

あの女の言葉は嘘だった、待ち人は現れないのだ……と。

しかし、そうはならなかった。

「来たか」

その日の午後。ある人物が宿を訪れた。

戦場で待ち伏せしている時のように、五感を研ぎ澄ませていたバッシュは、すぐにそれに気づいた。この宿に、聞き慣れぬ足音が入ってきた、と。

その足音の主は宿の持ち主と二言三言言葉を交わすと、まっすぐにバッシュの部屋へとやってくる。

歩幅から察するに、女性。その足音は静かで、しかし音を意図的に消しているというわけではない。高貴な者の特徴的な歩き方だ。

間違いない。彼女だ。

「旦那、ここまで来たら失敗は許されないっすよ！」

「わかっている。必ずモノにしてみせよう」

姫という存在は、オークにとって指折りの人気職だ。

嫁にするなら誰がいいか、という話題において、必ずといっていいほど出てくる。女騎士の次ぐらいに出てくる。

だが、実際に姫を手に入れるのは難しい。騎士と違って数が少ないし、戦場に出てくる機会も少ない。女騎士と戦い、少しでも劣勢になれば、すぐに撤退するのも王族の特徴だ。追撃したとしても、護衛の騎士たちによる死に物狂いの抵抗が待っている。

それを乗り越えたとしても、オークに犯されるぐらいならばと自害する姫も多い。

見えてはいるが、決して手には入らぬ高嶺（たかね）の花。

それが姫という存在だ。

バッシュの知る限り、姫を嫁にすることができたオークは数えるほどしかいない。

それも、ほとんどが昔のおとぎ話だ。バッシュが生き抜いた時代に姫を手に入れることができたオークはたった一人。オークキング・ネメシスだけだ。その姫も、今はすでに生存していない。

ビーストの第五王女シルヴィアーナ。

オークの英雄バッシュの嫁として、ふさわしい存在といえるだろう。

これほどの機会は、今後訪れないかもしれない。

そう思えば、今まで以上に気合が入るというものだ。

「……む」

と、そこでバッシュの部屋の扉がノックされた。

「どうぞ、鍵は掛かってないっすよ！」

ゼルの言葉で、扉が開かれる。

そこには地味な、しかし一目で高価だとわかる絹のローブを身にまとい、フードで顔を覆い隠した人物がいた。

フードの奥から覗(のぞ)く顔は、つい先日、一度だけ見かけた美貌。

第五王女シルヴィアーナであった。

待ち人は、来た。待ち伏せ成功の瞬間である。

「ふふ」

彼女はバッシュを見ると、柔らかく微笑(ほほえ)んだ。

「突然の訪問、驚かせてしまったようですね」

「いや、待っていた」

「え……」

バッシュのその言葉に、シルヴィアーナは硬直した。

確かに、よく見ればバッシュの服装は正装であった。式典にでも出かけるかのような、ビースト族の晴れ着。まるで、やんごとなきお方を出迎えるような……。

「うふふ、待ちきれなかったのですね？」

「待ちきったつもりだ」

「……」

その堂々たる言葉を受けて、シルヴィアーナはややたじろいだ様子を見せた。

イマイチ会話が嚙み合わない。だが、すぐにとろけた表情になると、ベッドに腰掛けるバッシュの隣に座った。

そして、しなだれかかるように、バッシュの肩に体を預けた。

バッシュの二の腕を、豊満な胸が挟み込む。

「ああ、バッシュ様！　愛おしい方！　お慕いしております！」

「うむ。俺もだ」

シルヴィアーナは体を離し、ベッドに横たわると、目をつむった。

まるで、何かを待つかのように。すでにこっちの準備はオッケーだ、覆いかぶさってこい、カモン！　とでも言わんばかりに。

「では、行くか」

しかし、バッシュは立ち上がった。

「えっ、どちらへ？」

「決まっている」

困惑するシルヴィアーナに、バッシュは告げる。

牙をキラリときらめかせながら。

「デートだ」

雑誌に書いてあった必勝法を。

■　■　■

『女が誘っているように見える？　それは男の勘違い！　順調に逢瀬（おうせ）を重ねて関係を築いていこう！』

『女がリードする時代はもう終わり！　今は男がデートをリード！』

雑誌によると、ビースト族の恋愛は、男性側の忍耐力を試すもののようだった。

唐突に結婚を迫ったり、性交を強行したりしてはいけない。

男目線で誘っているように見える仕草を女性がしたとしても、それは罠だ。

覆いかぶされば、「そんなつもりじゃなかった!」と怒られ、振られる。

性交に至るには、順調に段階を重ねる必要がある。

段階とはすなわち逢瀬。デートのことである。デートにもやはり段階があり、最低でも五度のデートが必要で、そのどれも違う場所に赴き、違う言葉を掛けなければならない。

そして六度目のデートでプロポーズの言葉を口にすれば、その苦労は報われる。

ビースト女は雌となり、雄のものとなるのだ。

正直なところ、バッシュは雑誌がなければ、すでにミスを犯していたことだろう。

先程シルヴィアーナにしなだれかかられた段階で、すでにプロポーズは為された、何も問題がないはずだと交尾を強行……あっという間に振られていたはずだ。

しかし、今のバッシュには雑誌がある。

そしてバッシュは、緻密な作戦行動において、前線の戦士が自分の判断基準で動くことの愚かさを知っている男だ。

頭のいい参謀の考えた作戦であるなら、それを完璧になぞることが勝利の秘訣。

バッシュはそれを、身を以て体験したことがあった。

あれはそう、キアン平原での戦いだったか。

めきめきと力を付け、バッシュ自身も少し調子に乗り始めていた時のことだ。

バッシュはその時、いつもどおり、命令に従って東へ西へと奔走し、敵を撃滅していた。

そんな折、バッシュのもとにある命令が下った。

その命令は、今相手にしている敵を無視して南下し、別の敵を叩けというシンプルなものだ。

当時のバッシュはイキっていた。目の前の敵を無視するとは何事かと憤り、そのままその場に居座って敵と戦い続けた。

その結果、味方であったデーモンの部隊が挟撃を受け全滅。バッシュの中隊は孤立無援となってしまったのだ。

最終的にバッシュたちは死ななかったものの、デーモンの指揮官から激しく罵られることとなった。

屈辱的な敗北は、バッシュに知恵と教訓を与えてくれる。

それ以来、バッシュは命令に忠実だ。

もっとも、ある時期を越えたあたりから、バッシュに頭ごなしに命令を下せる者は限られるようになってしまったが……。

ともあれ、そんなバッシュだからこそ、一回目のデートプランは完璧だった。

雑誌に書いてある通りではあるが。

「あの、ここは……？」

「ここで一緒に飯を食う。違う店にすべきだったか？」

「はぁ、いえ、ここで、構いませんが……」

困惑するシルヴィアーナの手を取り、バッシュは店の中に入る。

雑誌のイチオシの店であるが、所詮は庶民向けの店、中は雑然としていて、人も多かった。

少なくとも、姫君が入るような店ではない。

が、バッシュはそんなこと知る由もない。

「オススメは特製ミートパイ、という食べ物だそうだ」

「バッシュ様はミートパイをご存知ないのですか？」

「ああ。オークの国にはなかった」

「そうなのですか」

雰囲気という点ではイマイチだったかもしれない。

だが、シルヴィアーナはコロコロと笑うと、バッシュの隣に腰掛け、その腕に絡みついてきた。そしてバッシュの太もものあたりを優しく撫(な)で擦(さす)る。

「いけずなお方……私は食後のデザートということなのですね？」

「……」

バッシュはシルヴィアーナの動作にドギマギとしていたが、しかしそこには雑誌の教えを、その段階に至るまでは手を出してはいけないという教えを頑(かたく)なに守り、我慢した。

そして、バッシュはオークの中では珍しく、我慢できる男なのだ。

バッシュは、万が一自分が暴走した時の抑止力として、ゼルを配置していた。

ゼルは今も、店の隅の方でピカピカと光りながら、バッシュを監視している。

旦那、頑張るっすよ！　未来は明るいっす！　と念を送りながら。

そうして、食事はつつがなく終了した。

その後、バッシュは雑誌に書いてあった武器屋を見て回った。

ビースト女は、強い男を好む。

だが、戦争が終わった今、ただ強い男、というのは好まれにくい。

ゆえに、武器屋で武具の良(よ)し悪(あ)しを見抜いて、他の男と一味違うところを見せよう、というわけだ。

バッシュは武器屋を巡りながら、店先に並んだ武具の良し悪しについて語ってみせた。

といっても、どれも雑誌の受け売りに過ぎず、たまに出てくる「この武器はあの戦場で使ったことがある」という思い出話だけがバッシュの知識だった。

正直、武器の知識に関していえば、かなり浅いものだったことは否めない。バッシュは武器を選ばないから、武器の良し悪しについてはイマイチわかっていないのだ。

しかしシルヴィアーナは終始にこやかにしていた。

特にバッシュが思い出話を語る時は、口をアヒルのようにしてウンウンと頷いていた。

「この武器は、ビースト族が好んで使うものだな。カタナ、といったか。切れ味がいい」

「そうですね。ビースト族は子供の頃から、このカタナの修練を積みます」

「カタナの使い手で最も印象に残っているのは、やはりレミアム高地の戦いで相まみえた、あの男だろう」

「バッシュ様の記憶に残るほどの猛者がいたのですね。どなたですか？」

「勇者レト」

バッシュはその言葉を発した時、シルヴィアーナの顔を見ていなかった。

カタナの刃紋に、遠い過去が映っているかのように、目を細めていた。

だから、その瞬間、シルヴィアーナがどんな顔をしていたのかは、知らない。

「凄まじい戦士だった。斬撃の軌道が読めん幻影の魔刀を持ち、力も技術も速度も、勇者の名を冠するにふさわしい男だった。満身創痍でなければ、負けていたのは俺だっただろう」

「そんなご謙遜を……バッシュ様であれば、相手が万全であっても、余裕で勝てたのでしょう?」

「勝てたのだとしても、余裕ではなかっただろうな」

「……」

バッシュが思い返すのは、かつての戦いのこと。

デーモン王ゲディグズが死んだ、戦争を終わりへと導いた一戦のことだ。

激戦だった。どこで何が起こっているかもわからないほどに。

そんな大混戦の中、バッシュはデーモン王が襲撃を受けているという報告を聞いて、デーモンの陣地まで走った。総司令官を守るために急いだ。

だが、間に合わなかった。

バッシュがたどり着いた時、すでにデーモン王ゲディグズは死んでいた。

そして、王と側近たちの死体の傍らには、今まさに戦いを終え、敵陣から脱出しようとする、三人の男女がいた。

ヒューマンの王子ナザール。

エルフの大魔導サンダーソニア。

ビーストの勇者レト。

サンダーソニアはすでに魔力を全て失って気絶し、ナザールに背負われていた。

彼らが敵陣を突破するには、バッシュを打倒するしかなかった。

バッシュは、三人がそれぞれの国の英雄であるなどとは知らなかった。

名前も何も知らなかった。

けれど、まとめて殺そうとした。

誰に何を命令されたわけでもなかったが、そうしなければならないと確信していた。

だが、逃した。ナザールはサンダーソニアを背負い、バッシュから逃げおおせた。

なぜ、それができたか。

それは、勇者レトがバッシュの前に立ちふさがったからだ。

全身から血を流しつつ、吠え猛り、全ての力を振り絞ってバッシュに一騎打ちを挑んできたからだ。

無論、そのような状態でバッシュに勝てるはずもなく、レトは死んだ。

「奴は仲間を逃がすため、死を賭して戦った。もはや立つ力すら残っていないだろうに何度も立ち上がり、最後まで諦めず戦った。真の戦士だ。奴と戦い勝ったことを、俺は誇りに思っている」

「では……なぜ死体を放置したのですか？」

「決まっている」

バッシュは、当たり前のことのように言った。

「デーモン王の側近が、最期の頼みとして言ったからだ。『王の死体を、他の者たちに見せるわけにはいかない』とな」

味方の最期の言葉に、バッシュは従った。

バッシュはオークだが、長い戦いを生き抜いてきた戦士でもある。

ゆえにデーモン王の死体が見つかれば、味方の士気がガタ落ちすると理解していた。

自分の栄誉より、全軍の勝利を優先したと言えよう。

だから、死闘を繰り広げた戦士に対し礼を失する行為であるとわかりながらも、デーモン王の死体を優先し、レトの死体を放置した。

そして、デーモン王ゲディグズをデーモンの将軍の所へと運んだ。

結局、デーモン王ゲディグズが死んだという報告がヒューマンの王子ナザールから為されたことで、意味のない行為となってしまい、バッシュが前線に戻ろうとした時には、すでに大勢は決しており、敗走に移ってしまっていたが。

後悔はない。

ゲディグズが死んだ時点で、ああなることは自明の理だった。

バッシュがレトの首を掲げて勝利を叫んだ所で、結末は変わらない。

「そうですか」

シルヴィアーナの返事は、それまでで一番小さかった。

バッシュが振り返った時には、彼女はやはり柔らかな微笑みを浮かべていた。


そうしてウィンドウショッピングを楽しんでいる内に、夕暮れとなった。

人々は家に、あるいは宿へと戻り始めている。

中には、恋人同士なのか、仲睦まじく肩を寄せ合いながら宿に入っていく者もいた。

夜の時間。公共の時間が終わり、個人の時間。つまり、そういうことをする時間。

シルヴィアーナもそれを感じているのか、バッシュの肩に身を寄せて、少し恥ずかしそうな笑みを浮かべていた。

バッシュはそれを見て、彼女に聞く。

「今日は、楽しかったか？」

「はい、バッシュ様。夢のような時間でした」

「ならば」

バッシュの視線が、己の泊まる宿の方へと向く。

自然と、シルヴィアーナもそちらを向く。

これからどこに行き、二人で何をするのかわかっているかのように。まるでそれを期待しているかのように……。

彼は言った。

「今日はここでお別れだな」

「……はい？」

シルヴィアーナが笑顔のまま固まった。

「次回は、もっと良い所に連れていってやろう。ではな」

バッシュはそう言うと、颯爽と去っていく。

夕暮れの中、長い影を帯びながら、未練の感じられぬ足取りで。

そして、すぐにいなくなった。オークの英雄は、撤退も早いのだ。

「……」

そして、道端に一人、シルヴィアーナが残った。

「…………は？」

ポツリと呟く言葉は、夕暮れの中に消えていった。

■ ■ ■

「旦那……」

宿に戻ってきたバッシュを出迎えたのは、重苦しい表情をしたゼルだった。

ゼルは拳を握ったまま腕を組み、しばらくプルプルと震えていたが、やがてパッと顔を上げ、バッシュの顔に抱きついた。

「完っ璧でしたよ！」

「ああ！」

ゼルの言葉に、バッシュも嬉しそうな声で応えた。

第一回目のデート。

バッシュは、確かな手応えを感じていた。シルヴィアーナはずっとご機嫌だったし、最後にはバッシュにベッタリだった。多種族との恋愛にあまり詳しくないバッシュとて、彼女が自分に対して好印象を持ってくれているのはわかった。

「オレっちの見立てによると、もうあの姫様は旦那にメロメロっす！　なんだったら、今

晩はこの宿に連れ込んで性交まで行けてもおかしくなかったっす！　そういう気配があったっす！」

「かもしれん。だが油断はすまい。雑誌にも書いてあったが、性交の段階で振られることもあるらしいからな」

「そっすね！　ここまでは雑誌の通りにやって完璧だった。なら、ここからも雑誌の通りにした方がいいのは間違いないっす！」

シルヴィアーナに密着され、バッシュの欲望は爆発寸前だった。

だが、幾多の戦場を乗り越えた強靱(きょうじん)な精神が、それを抑えていた。

全ては来るべき童貞卒業のため。嫁を獲得し、オークの英雄として、堂々と胸を張って故郷に帰るため。これが最後の試練なのだ。

英雄たる自分が乗り越えなくて、誰が乗り越えるというのか。

「旦那、頑張るっすよ！　オレっちは次の『デートコース』の下見に行ってくるっす！」

「助かる！」

「いいってことっすよ！」

ゼルが窓から飛び立っていく。

あのフェアリーは、必ずや雑誌に書いてあったデートコースを隅々までチェックし、細かい情報をバッシュにもたらしてくれるだろう。

道の確認から、行くべき店の間取り、果ては店主と交渉し、バッシュが来た時に受け入れてくれるよう手を回しているはずだ。

そして、その結果、勝利はもたらされる。

（……あっけないものだが、勝利する時というのはこういうものだ）

バッシュは夜空を見上げながら、今までの旅を思い出し、懐かしげに口元を緩ませるのだった。


翌日から、またバッシュが待つ日々が始まった。

……と、言いたい所だが、そう長く待つことはなかった。

翌日も、翌々日も、シルヴィアーナはやってきた。

バッシュは当然のような顔をしてデート計画を進め、その度にシルヴィアーナはメロメロにとろけていった。

バッシュの理性は何度も限界を迎えたが、しかし限界を超えることはなかった。

まさに事が計画通りに進んでいたからだ。

もし途中でシルヴィアーナがバッシュから離れていれば、あるいはバッシュにダメかもしれないという焦り(あせ)があれば、こうはならなかったかもしれない。

シルヴィアーナの誘惑は、それほどまでに強烈だった。

ボディタッチに始まり、甘い言葉、遠回しながらも交尾や妊娠を想起させる言葉。

誰がどう見ても、彼女はバッシュに惚(ほ)れていた。結婚して子供を産みたいと思っていた。

全ては雑誌に書いてある通りに事が進んでいた。

ヒューマンの策士とは、これほどまでに未来を予測できるのか。

これは戦争に負けるのもやむなし。

そう思ってしまうほどの順調さだった。

■　■　■

しかし、誰かが順調である時というのは、誰かが不調な時であるとも言えた。


「……」

深夜。

リカオン宮の一角で、一人の女性が壁に拳を打ち付けていた。

左手の親指の爪を噛(か)みながら、何度も何度も右手を打ち付けていた。

「……」

まるでそういう生き物であるかのように、ただ何度も打ち付けていた。

その顔は無表情だ。

だが、もし誰かが彼女と目を合わせることがあれば、瞳の奥には憎悪と怒りが垣間見えたことだろう。

7．暗躍

シルヴィアーナ・リバーゴールド第五王女はビースト王族リバーゴールド家の十番目の姫である。

ビーストは多産であり、王族も例外ではない。

母レオーナ・リバーゴールドは二度の出産を経験しており、一度目に五人、二度目に六人の子供を産んだ。

シルヴィアーナは二度目の出産時に五番目に肚（はら）から出てきた。六子の五番目だ。

生まれた場所は戦場であった。

一度目の出産で生まれた子供が全員死んでから二年。待望の赤子であったにもかかわらず、さほど祝福はされなかった。当時はデーモン王ゲディグズの最盛期、ビーストは苦境に立たされており、いつ滅んでもおかしくない状況であったからだ。

家臣も数えるほどしかおらず、皆、生まれたばかりの姫君の暗い未来に、不安な表情を見せるばかりであった。

そんな中で、一人だけ、心の底から祝福した人物がいた。

レト・リバーゴールド。

女王レオーナの弟だけが、姪である六姫の誕生を祝っていた。

六姫が生まれた時、すでに父親はいなかった。

王配であるタイガ・リバーゴールドは、六姫が生まれる何度か前の戦闘で死亡していた。

六姫の幼少期は、お世辞にも幸せだったとは言えなかった。

戦闘と敗走。怒号と悲鳴。安寧の日など一度もなかった。

レトは、そんな六姫にとって兄と言える存在だった。

レトはいつだって六姫を守ってくれたし、六姫の物心がつきはじめると、彼女らに戦いの技術や知識を教えてくれるようになった。

あるいは、父親を知らぬ彼女らにとって、父親とも言える存在だったかもしれない。

六姫は、誰もがレトを慕っていたし、尊敬し、憧れていた。

それに拍車を掛けたのは、やはりレトによる『聖地奪還』だろう。

レトが『勇者レト』となった、後世に語り継がれる、ビースト族最大にして最後の反攻劇。

ゲディグズの支配下にあった頃の七種族連合に勝利した、数少ない勝ち戦。

あの戦いで、レトは英雄となった。

六姫たちにとって、かけがえのない、世界で一番の英雄となった。

当時、まだ幼かった六姫は誰もが、将来はレトのお嫁さんになるんだと夢見ていた。

そんな夢は、ある日打ち砕かれることになる。

レミアム高地の決戦。

勇者レトはデーモン王ゲディグズの決死隊に参加し、死んだ。

六姫とて、長い戦争を生き抜いてきた者たちだ。

悲しくはあったが、よくあること、名誉の戦死ならば仕方がないと諦めることはできた。

狩猟の神を信奉する彼らにとって、敗北とは恥ではないのだ。

勇敢に戦い、倒した者の糧となるならば、それは名誉なことなのだ。

……糧となるならば、だ。

勇者レトは放置された。

ビーストの歴史の中で、最も尊ばれるべき存在が、雑兵のように。

許されるはずもなかった。

六姫はそれぞれが得意分野を磨き、復讐に備えた。

いずれ自分たちが戦場に出た時、必ずや下手人を、オークの戦士バッシュを殺してやると心に誓っていた。

だが、その機会は訪れることなく、戦争は終わった。

ほとんどの姫は、戦争が終わった時にその怒りを収めた。

第一王女リースは、次期女王という立場から、戦争は避けるべきで、自分がオークを恨んではいけないと考えた。

第三王女イヌエラも、自分が小さな頃から慕っていた相手と結婚するに至り、未来のことを考えるべきだと思うようになった。

彼女らに、もはや憎悪はない。

他の姫には憎悪が残っていたが、役割があった。

第二王女ラビーナは、次期女王の補佐役という立場から、理論的にオークと戦争すべきではないと考えていた。

第四王女クイナは、次期司法の担い手として、国内にオークが現れたとしても公平にすべきだと考えていた。

第六王女フルルは、勇者レトの技を受け継いだ者として、それを後世に残すのが自分の役割だと考えていた。

三人とも、オークに対しては差別的だったし、もし仇が目の前に現れたなら、自分たちはそれを撃滅すべきだと考えてもいたが、最後の最後で誰かに止められれば、踏みとどまれる程度には、理性的であった。

自分たちはビースト族の姫であり、次代のビースト族を担っていく責任があるという自覚と自負があった。

ただ一人。

第五王女シルヴィアーナだけは違った。

シルヴィアーナは、勇者レトに最も可愛がられた子供だった。

最も感情豊かで、最も泣き虫な子供だったがゆえ、勇者レトの膝の上で、よく泣いていた。

泣く理由は様々だった。姉妹にイジメられた、犬に噛まれた、ハチに刺された……。

彼女は六姫の中で、最も向こう見ずで、後先考えない性格だったというのもある。

何かを思いついては、それを実行し、手痛い反撃を食らって泣かされた。

ほとんどが自業自得だったが、レトは彼女が泣きついてくる度にその頭を撫で、慰めた。

そんな彼女が成長するにつれて学び、目指したのは、作戦参謀であった。

自分の立てた作戦で勇者レトを勝利に導くのが、彼女の夢となった。

参謀を目指すにあたり、彼女はレトにこう教わった。

『参謀は、優しい子には務まらない。なぜだかわかるか？　うん。そうだ。敵にも味方にも同情しちゃいけないからだ。参謀は時として、味方を死地に追いやることもあるし、無抵抗の敵を虐殺することもある。目的に対し、非情でなければならないんだ。ついでに言えば、自分が立てた作戦がどういう結果をもたらすのかを、事前によく理解しなければいけない。君には難しいかもしれないけど、やれるかい？』

シルヴィアーナは、強く頷いた。

そしてレトが思った以上に、その言葉を重く受け止め、自分の心を押し殺し、情に流されぬよう訓練を始めた。

何か思いつきで行動をする前に、それがどういう結果をもたらすのか、よく考えるようになった。

その結果、彼女は泣かなくなり、慎重になった。

そんな訓練を長く続けた結果、六姫の中で最も冷徹で、最も狡猾で、最も非情な存在となっていった。

そんな彼女も、レトの死だけは堪えた。何日も泣きはらし、陰鬱な日々が続いた。

だが、それが彼女にとって情に流される最後の事件となった。

ある日を境に、彼女は心を捨てた。

微笑の仮面を貼り付けて、合理的なことしか口にしなくなった。

他の姫たちはそのようになってしまったシルヴィアーナを哀れに思ったし、彼女を心配した。

ただ、頼りにもした。

情に流されず合理的な発言ができる彼女の存在は、感情に流されやすい他の姫たちにとって、大層ありがたいものだった。

だが、もう一度言おう。

第五王女シルヴィアーナは、勇者レトに最も可愛がられた子供だった。

レトを最も慕っていた子供だった。最も感情豊かな子供だった。

レトの死を、打ち捨てられた誇りを誰よりも重く受け止めた姫であった。

……そして、最も向こう見ずな子供だった。

彼女は感情を捨ててなどいなかった。心を捨ててなどいなかった。

ただ奥底に隠していただけだ。

だからこそ、王宮にオークが現れ、それがレトを殺した『オーク英雄(ヒーロー)』バッシュであると知った時、彼女は即座にある計画を立てた。

後先など、考えずに。

■

「……」

シルヴィアーナは、その日も一人で王宮へと帰ってきた。

地味ながらも高級なローブに身を包み、しずしずと、上流階級らしく、暗闇の中を進んでいく。

王宮の衛兵たちは、そんな彼女の姿を認めつつ、しかし咎（とが）めることはない。

すでに根回しは済んでいるのだ。

彼女は自室へと戻ってきた。

本来なら、お付きの侍女が彼女を着替えさせるべく走ってくる所なのだろうが、その気配はない。

「……」

真っ暗な部屋を月明かりが照らしていた。

シルヴィアーナが絹のローブをするりと脱ぐと、彼女の豊満な肢体が浮かび上がる。

もしバッシュがこの場にいれば、きっと理性など一瞬で弾（はじ）けとんだだろう。英雄など脆（もろ）いものなのだ。

ふと、シルヴィアーナの顔が横を向いた。

その視線の先には、姿見があった。終戦を祝い、四種族同盟が協力して作り、各国の王族へと贈られた品だ。いくつかの魔術刻印が為されたそれは、百年は輝きを失わない。たとえ棍棒で破壊したとしても、瞬く間に修復されるだろう。

そんな鏡に、拳が叩きつけられた。

ゴギンと、嫌な音が鳴り、鏡が大きくひび割れる。

ひび割れは、まるで時間が巻き戻るかのように直っていくが、シルヴィアーナは何度も何度も拳を叩きつけた。

鏡面に赤い拳の痕がついていくが、それでも彼女は鏡を殴るのをやめない。

ゴギンという音が湿り気を帯び、グチャという音に変化しても、まだ続いた。

やがて、その奇行は前触れもなく終わりを告げる。

シルヴィアーナは無表情のまま手を止めると、鏡の脇に置いてあった布で、丁寧に鏡を拭き取った。

そして、無言で布をクズ籠に放ると、小声で回復魔法を詠唱し、傷を癒やした。

「……」

シルヴィアーナはクローゼットから寝間着を取り出して身に着けると、月明かりが差し込む窓辺に立ち、窓を開け放った。

バッシュが帰っていったであろう、宿の方を見る。

氷のような無表情が崩れていく。

瞳の奥に映るのは強い憎悪。歯をむき出し、小さく唸り声を上げる。

「……何が誇りに思っている、だ」

唸り声から漏れ出る呟き。

その呟きには、怒りのみでなく、どこか戸惑いが交じっていた。

まるで、自分がこうだと信じていたものが、実際は少し違うものだったような、そんな戸惑いだ。

でも、それを聞く者は誰もおらず、ただ声だけが闇夜へと消えていく……。

「……」

シルヴィアーナはしばらく外を見ていたが、やがて小さくため息をつき、部屋へと向き直る。

その顔には、微笑が張り付いていた。

誰に見せるつもりなのか、誰に向けているものなのかわからぬ微笑が。

しかし次の瞬間、その微笑は凍りついた。

「はぁい、こんばんは」

いつしか、部屋に一人の女がいた。

部屋の椅子にゆったりと座り、爛々と輝く赤い瞳で、シルヴィアーナの方を見ていた。

いつの間にか。そう、本当にいつの間にかだった。

つい先程、クローゼットから窓辺へと移動する時にはいなかった。

それが誰かは、明かりを点けていないため、よく見えない。でもシルヴィアーナはそれが『良からぬ者』であると瞬時に悟った。

「客人を招いた憶えはありませんが」

シルヴィアーナはそう口にしつつ、口元に手をやる。

人差し指を口元に添えて、息を吸い込む。

それはビーストに伝わる通信手段『呼笛』。

ビーストの中でも、ごく一部にのみ聞こえる音が周囲に響き渡るそれは、ビースト族の緊急連絡手段として、古より重宝されてきた。

たとえ自分が聞こえずとも、音だけは出せるよう、誰もが子供の頃から訓練を受けた。

しかし、その音が鳴る寸前、『良からぬ者』が口を開いた。

「『オーク英雄(ヒーロー)』を、陥(おとし)れる方法に、興味ないかしらぁ？」

「……」

シルヴィアーナの動きがピタリと止まる。

「あなた、バッシュを籠絡(ろうらく)するために、随分と苦労なされているようねぇ……」

「……」

「そうよねぇ。オークの大多数は、頭の足りぬならず者に過ぎないけど、『英雄』と呼ばれる者ともなれば、生半可な誘惑や甘言には乗らないもの。たとえ二人きりになったとしても、一国の王女に欲望のまま襲いかかるなんてことはしないわぁ」

「何の、お話でしょうか」

シルヴィアーナはいつしかまた、微笑(ほほえ)みを浮かべていた。

見る者全てが安心するような微笑みを。微笑みという名のポーカーフェイスを。

「言わずともわかるわ。勇者レトを殺したバッシュに、復讐(ふくしゅう)したいんでしょぉ？」

「……」

「だから自分を襲わせて、レイプだって主張して……オークとの戦争を引き起こそうとしたのよねぇ？」

「……」

それは軽薄な口調だった。冗談を言っているみたいな口調だった。

だが、語られる内容は真実であった。

確かに、シルヴィアーナはそうしようと思っていた。

バッシュの所へと赴き、彼を誘惑し、襲わせるように仕向けた。

襲わせてしまえば、後で「そんなつもりじゃなかった。自分はビーストとオークの友好のために彼に近づいただけなのに」と主張すれば、過程がどうであれ、バッシュに罪を着せることは可能だと考えていた。

杜撰(ずさん)な計画なのはわかっていたが、仕方がない。

バッシュがビーストの国に来るなど、予想だにしていなかったのだ。こんなチャンスは二度と訪れないかもしれない。

やるしかなかった。

たとえ罪を着せられずとも、ビーストとオークの関係に亀裂が走ったり、この場にいるエルフやヒューマンのお偉方に、オークへの悪印象を植え付けられたりすればそれでよかった。

それができるなら、自分の身がどうなろうと、構わなかった。

まさか、手出しされないとまでは思わなかったが。

「それが？」

真実を言い当てられても、シルヴィアーナは動じない。

そういう訓練を受けている。大体、未遂なのだから糾弾される謂れもない。

それこそ、自分はビーストとオークの友好のために彼と交流していただけなのだ、と言えばいいのだ。

「あなた、昔っからレト様を慕っていましたものねぇ。あなたに戦争のイロハを教えてくれたのはレト様だし、捕まって捕虜になって、見せしめに殺されるかもしれなかった時も、レト様に助けられたし、慕うのも当然よね。レト様はビーストの誇りを体現したような人だもの」

シルヴィアーナの顔から微笑みが抜けていく。

鉄のような無表情へ。他の姫たちが恐れる、冷酷なるシルヴィアーナの表情へと。

「戦争が終わった後も、ずうっとオークを滅ぼすべきだって主張していたそうじゃない？」

「……考え方が変わることも、ありますので」

「恨みはそう簡単には消えないわ。私だってそうだもの。バッシュ。あのクソオーク……

許せないわよねぇ。あのレト様を、ゴミみたいに放置しておいたくせに、のうのうと生きて、あまつさえイヌエラ様の結婚式を祝おうだなんて、虫がよすぎますわぁ」

その言葉に誘われるように、シルヴィアーナの無表情が溶けていく。

仮面の下から現れたのは、憎悪と、憤怒の表情だ。

そう。そうだ。この女の言う通りだ。

許せない。

『オーク英雄』バッシュを許せない。

許していいわけがないのだ、あの悪魔を。

「……それで、その方法とは？」

「うふふ……ビースト六姫の一人シルヴィアーナ様。あなたなら、すぐに思いつくようなものかもしれませんが……お聞きになりますぅ？」

「くだらない話なら、あなたも殺すわ」

「あら、怖い」

シルヴィアーナは、いつしか部屋にできていた赤い二つの光に向かって動いていく。

憎悪と憤怒に満ちた足取りは、迷うことがなかった。

「方法といっても、とても簡単なことよぉん」

「作戦はシンプルな方がいいですからね」

「結婚式にバッシュを呼びつけ、あなたが誘惑し、私が『魅了』を掛けるの。そうなればバッシュは操り人形。今までの計画通り、あなたを襲わせるのもよし、あなた自身の手で殺してしまうもよし……」

「『魅了』……サキュバスの魔法をあなたが……？」

「ええ、ご覧の通り……」

月明かりが部屋を照らした。

今まで薄ぼんやりとしか見えなかった女の姿があらわになる。

局部を最低限隠した、体に張り付くようなレザーの上下、ウェーブの掛かった紫の髪、輝く赤い瞳、長い尻尾。

「私、サキュバスだから」

サキュバスの『魅了』。

それは戦争中に凄まじい猛威を振るった魔法だ。

掛かってしまえば行動を完全に封じられ、それどころか味方をも襲いだす。

女性にはほとんど効果がないという欠点はあるものの、逆に言えば相手が男性であれば、よほど高い魔法耐性を持っているか、何らかの魔道具で防御しなければ、サキュバスの操り人形となってしまう。

現在、サキュバスと真正面から戦い続けたエルフは、男性の割合が女性より少ないが、それはサキュバスのせいだとされている。

戦争後に使用を禁じられた魔法の一つ。

しかし逆に言えば、それを使えば、いかにオークの英雄といえど抵抗できまい。

「……あなたの目的は？」

「聖樹(せいじゅ)に触らせてほしいの」

「聖樹に？　それだけ？」

「私たちにとっては重要なことなのよ？　狩猟の神を信仰しているのは、なにもあなたたちビーストだけじゃないんだからぁ」

信仰と聞いて、シルヴィアーナは納得した。

各種族はそれぞれ独自の神を信奉しているが、長い戦争の中では、いわゆる宗派替えをする者もいる。エルフでありながら鉄と火の精霊を信仰する者がいたり、リザードマンでありながら太陽の神を信じる者がいたりする。

サキュバスに狩猟の神を信仰する者がいたとしても、なんらおかしいことではなかった。

かつてビーストがそうであったように、このサキュバスが長らく信仰の対象を失っていたというのなら、それを求めてバッシュを陥れるのに協力するというのも、頷ける話だ。

「ねぇ、お願いよぉ。許可をもらいに行ったら、無下に断られちゃったのよぉ」

聖樹には、許可を取らなければ近づくことはできない。

許可を出す聖樹の管理官は、見ず知らずのサキュバスに許可は出さないだろう。

サキュバスが相手だから女性が対応することになるだろうが、ビースト女の中にも、サキュバスへの強い偏見は残っている。

サキュバスは男の精を啜ることしか考えていない、卑しい種族だ、そんな存在を大切な聖樹に近づかせてなるものか、とそう思ったとしても不思議ではない。

大体、普通の信者でも、何か特別な理由がなければ近づかせてはもらえないのだ。

シルヴィアーナの中にも、サキュバスへの偏見がないわけではない。

だが、それ以上にオークへの憎さが勝っていた。

「わかりました。あなたの話に乗りましょう」

「うふふ。交渉成立ね」

妖艶な笑みを浮かべるサキュバスに、シルヴィアーナは無表情のまま頷いた。

「じゃあ、また結婚式の日に来るわ。裏切っちゃやーよ？」

「それはこちらの台詞です」

サキュバスは背中の羽を動かすと、ふよふよと浮かび上がり、窓から出ていこうとする。

その背中を見て、ふと、シルヴィアーナは思い至った。

あることを聞いていない。

「ところで、あなた……名前は？」

「キャロット、そう呼ばれておりますわぁ」

『喘声(ぜんせい)』のキャロット。

戦士であれば、その名を知らぬ者がいない、サキュバス最強の戦士。

なぜそんな有名な戦士が、と思わないでもないが、逆にシルヴィアーナは納得していた。

それほどの戦士であるなら、警備をかいくぐり、自分の部屋に忍び込むのも容易だろう、と。

「そう。よろしく頼みますね、キャロット」

「はい、シルヴィアーナ様」

キャロットは妖艶に微笑むと、部屋から飛び立っていった。

部屋に暗闇が戻った。

「……？」

闇の中で、シルヴィアーナは何か、違和感を覚えた。

何か自分の気持ちにズレがあるような、何かを忘れてしまっているような、そんな違和感だ。

だが同時に、頭の中に掛かっていたモヤが晴れたような、スッキリ感も存在した。

ゆえに、彼女はそれを振り払った。

今はそれより、レトの仇を取る千載一遇のチャンスを逃さないことの方が重要だった。

「オークなど、滅べばいい……」

彼女の呟きは闇夜へと消えていった。

8．結婚式会場

『五回目以降のデートで女の子がムードのある場所に誘ってきたらチャンス！　ここぞとばかりに迫っちゃおう！』

その日、バッシュのもとに一通の封筒が届いた。
よくなめされた皮に、ビースト王族の紋章が金糸で刺繍(ししゅう)された封筒。
その中には、金箔(きんぱく)をまぶされた厚めの紙が入っていた。
手紙である。
それには、こう書かれていた。
『明日、第三王女にして我が姉であるイヌエラの結婚式が執り行われます。
皆から祝福される姉上が羨ましい限りです。
私たちもいずれ……と思いますが、他の姉は皆、オークを恨んでおります。
私と貴方(あなた)が結婚しても、祝福されることはないでしょう。
だから、せめてこの喜ばしい日に、満月の下で逢瀬(おうせ)しとうございます。

月だけは、きっと私たちを祝福してくれるから。

イヌエラのスピーチが始まる頃、聖樹の下に来てください。

オークとビーストの栄華を願って。

シルヴィアーナより』

もし、バッシュとゼルが普段通りであったなら、この手紙の意味がわからなかっただろう。せいぜい、聖樹の下で何か話があるんだろうな、ぐらいにしか思わなかったはずだ。

しかし、彼らには雑誌があった。

そう、雑誌にはビースト族の独特な言い回しについても書かれていた。

「旦那……」

「わかっている」

「とうとう、この日が来ましたね」

「ああ……」

この手紙におけるキーワードは二つ。

『満月の下での逢瀬』

『月が祝福してくれる』

満月は、発情期の隠語であり、月の祝福とは、妊娠を意味する。

すなわち直訳すると、自分は現在発情期にあり、貴方の子供を産みたい、ということだ。

まさに性交のお誘いである。

間違いない。雑誌にもそう書いてある。

「旦那、もう一度、確認をしておくっすよ」

「ああ」

「雑誌にも書いてあったっすけど、発情期のビースト女が誘っているからといって、油断するのは禁物っす。嫁ゲットの可能性は現時点でかなり高いっすけど、最後の最後で振られるパターンについても言及されているっす。きちんと憶えておかなきゃいけないっすよ」

「もちろんだ」

「あと……」

と、そこでゼルはふと、雑誌の最後のページを見やる。

そこには、一つだけ、不穏なことが書かれている。

(……いや、これは今考えても仕方ないっすね)

しかし、ゼルはそれを意図的に無視した。

書いてある内容は、作戦行動で言えば、十分な戦力で立ち向かったにもかかわらず、バッシュのような凄まじい強者がいて全軍を蹴散らされるかもしれない、みたいな話だ。

そういう存在がいるであろう可能性は知っておくべきだが、対抗手段を持たない者がそれを無駄に不安に思った所で意味はない。

バッシュも、最後のページに書かれた文言については知っている。

そしてバッシュなら、たとえ目の前に自分には太刀打ちできない強者が来たとしても、真正面から勇敢に戦うだけだ。

「では、明日までに一通りおさらいっす！　まず、二十二ページ。『ムードのある場所はマナーが大事!?　でも今更聞けない！　ビースト・マナー講座！』から」

「ああ！」

準備を万端にして挑む。

二人にできるのは、それだけだった。

■

首都リカント中心部、リカオン宮。

そこには、全世界からあらゆる種族が集まっていた。

ビースト、ヒューマン、エルフ、ドワーフ。

で。

リザードマン、サキュバス、ハーピー、オーガ、フェアリー、果てはデーモンに至るま

呼ばれていないのはオークだけだ。

だが、呼ばれていないはずのオークも、当然のような顔をして出席していた。

誰が渡したのか、招待状を持って現れたバッシュである。

「む、『オーク英雄』殿までいらしているのか」

「ビーストといえど、このような場でオークを排除はしなかったか」

「当然だ。そこらのオークならまだしも、バッシュ殿ほどの英雄を排除するなど考えられん」

「ご挨拶をしておきたい所だが……」

「うむ……」

「しかし、あの英雄殿に軽々しく声を掛けてよいものか……」

しかし、バッシュに声を掛ける者は少ない。

特に七種族連合の者たちは、バッシュを遠巻きに見つつ、モジモジとしていた。

バッシュの戦果はあまりにも大きすぎるため、各国の重鎮といえど、尻込みしてしまうのだ。

いや、重鎮だからこそ、と言えるだろう。

もしここが場末の酒場だったなら、あるいは闘技場で一戦交えた直後だったなら、嬉々としてバッシュの所に行って、戦争中の彼の活躍の話をせがんだに違いない。

しかしそうではない。

ここはビーストの王宮。ビーストの第三王女イヌエラの結婚式会場。

すなわち彼らは外交に来ている立場である。ミーハーなファンではいられないのだ。

ついでに言えば、ビースト王族はオークに対して敵対的だ。

そんなビースト王族の結婚式で、オークと仲良くしていれば、いらぬ反感を買いかねなかった。

「む、あれは……」

そんなバッシュに近づく、一つの影があった。

その小柄な人物は、一人のお供を従えて、バッシュの隣に立った。

「んっ？」

エルフであった。

この場にいる、誰もが知っているエルフであった。

そして、そのエルフとオークの因縁を知る者たちの間に緊張が走った。

「ほっ、ほはへは⁉」

そのマヌケな声は、まさにエルフから放たれた。

よく見れば、エルフは口いっぱいに何かを頰張っていた。

会場のテーブルには料理が所狭しと並べられており、エルフはそれを片っ端から口にしていたのだ。

その頰は、リスのようにパンパンであった。

食い意地の張ったことである。

しかし、四百年前の大飢饉を知るエルフには、こうした者も多かった。

食事というものは、食べたい時に食べられるとは限らず、そして食べられる時に食べなければ、例外なく餓えて死ぬのだ、と。

……まぁ、四百年前を知るエルフなど、今や一人しかいないのだが。

「サンダーソニアか」

「……なんかモゴモゴしてるっすね、何してるんすかね？」

「飯を食っているのだろう」

エルフ――サンダーソニアは、目をシロクロさせながら、口の中のものを高速でモグモグゴキュン。

脇にいた別のエルフ女が、サンダーソニアの口元を拭い、服についた食べかすもパパッと払った。

どうやら、サンダーソニアはバッシュと知って近づいてきたわけではなく、ただ食べ物のあるテーブルを順に回っていたら、バッシュの所にたどり着いたようだ。

「む……」

サンダーソニアの隣のエルフを見て、バッシュの胸が高鳴った。

現在、別の女にアタックを掛けている最中ではあるが、やはりエルフはバッシュ好みであり、視線が行ってしまうのは仕方がないことだ。

「……お、『オーク英雄（ヒーロー）』！」

そのエルフ女も、バッシュの好みに違（たが）わず、非常に美しかった。

しかしながら、彼女の頭……。そこには、小さくも白い花の形をした髪飾りがあった。

いぶし銀と白い宝石のアクセサリーだ。

白い花を模している。

となれば、既婚者ということなのだろうとバッシュは納得した。

ちなみにバッシュは知らないことであるが、この髪飾りはスノードロップという花を模している。

花言葉は『あなたの死を望みます』。

エルフ軍暗殺部隊の隊章である。

「……な、なにか？」

彼女はバッシュの方を見て、引きつった顔をしていた。

手は懐に伸ばされ、短剣を握りしめているが、完全に腰が引けていた。

目の前のオークが何かをしたら自分は戦う。戦うが……勝てる気はまったくしない、どうしよう。という感じだ。

「おい、あまり私の部下をジロジロ見るな。暗殺部隊を見て警戒するのはわかるが、何もしやしないさ。戦争は終わったんだから。な、わかるだろ？　そもそも、こいつは先日ちょっとやらかして、私が保護観察してる所なんだ。何もさせやしないさ」

サンダーソニアの言葉で、バッシュは彼女から視線を外す。

既婚者に用はないのだ。

「こほん、久しいなバッシュ殿、元気だったか？」

「ああ、シワナシの森以来か」

「うむ。一応、甥みたいな奴の結婚式だからな！　トリカブト。ほら、それこそシワナシの森でお前に助けてもらったあいつだ。私も最初は、正体を隠しておこうと思ったんだがな、私が来ると、気を遣わせすぎるし。まぁ、ちょっと事件があってすぐバレてしまったんだがな。あいつときたら、私が来ているというのに、『サンダーソニア様なら別に気を遣わなくてもいいですよね。適当にくつろいでいてください』ときたもんだ。もう少し気を遣ってもいいとは思わないか？　何度あいつの尻拭いをしてやったと思ってるんだ。初めておしめを替えた時からだぞ？　まったく……」

「……そうか」

「それにしても、やはりお前もここに来ていたか。いや、悪い意味じゃないぞ。むしろ私もな、来るべきだと思っていた。六姫(ろっき)の連中は嫌がるだろうけど、お前は勇者レトと最後に戦った戦士だ。そのお前がこの場にいることには、大きな意味がある」

バッシュは困惑していた。

サンダーソニアはまるで旧友のようにベラベラと話しかけてくるが、そもそも自分たちはそれほど仲良くはなかったはずだ。

自分はサンダーソニアにプロポーズしたが、振られているのだから。そこで関係は終わっているはずだ。

それともエルフ女は、プロポーズされて振った相手とは、気安い関係になるとでもいうのだろうか。

もちろん、バッシュとしては、悪い気はしない。

サンダーソニアは振られた相手とはいえ、バッシュ好みの顔をしている。

相変わらず美しく、可憐だ。彼女で童貞を捨てられたら、後の人生で一度も性交できずとも構わないと思えるほどに。

そんな彼女との会話は嫌ではない。

ただ、サンダーソニアという人物が、これほど饒舌にしゃべる所を初めて見たため、少々面食らっていた。

「……はー、こんなよくしゃべる人だったんすね」

「意外だな。常に不機嫌なのだと思っていた」

「おい、聞こえてるぞ。いいじゃないか。私にとっても今日は喜ばしい日なんだ。饒舌にもなるさ。なぁ？」

サンダーソニアは、脇のエルフ女——ブーゲンビリアへと話を振るが、ブーゲンビリアは困惑するばかりだ。

彼女の知るサンダーソニアは、いつだってこんな感じだ。

むしろ、バッシュに対し、いつも通りのフランクさで話しかけて大丈夫なのかと、不安になるほどであった。

「あの、サンダーソニア様は、バッシュ様？　と、親しいのですか？」

「ん？　や、別にそれほど親しいわけじゃないぞ？　でもな、もう戦争は終わったんだ。私もこいつに対してはもうわだかまりがないわけだし、今後は仲良くやっていかないとな！」

サンダーソニアは、そう言ってペチペチとバッシュの二の腕のあたりを叩いた。

さりげないボディタッチに、バッシュの童貞心に火が灯る。

もし振られていなければ、そして作戦行動中でなければ、バッシュは今一度サンダーソニアへとアタックを掛けていたかもしれない。

少しフランクに接せられただけで惚れてしまう。童貞とは、そうした悲しき生き物なのだ。

「……」

しかしながら、今のバッシュは作戦行動中だ。

標的はサンダーソニアではなく、別の女だ。

すでに脈のない女に気を取られて、目的を見失うわけにはいかなかった。

しかしボディタッチはなんとも言い難い。サンダーソニアの手のひらはひんやりとしていて、柔らかかった。ずっと触れていてほしかったし、ずっと話もしていたかった。

でも、ずっとはダメだ。

バッシュはこの式典をいい感じのタイミングで抜け出して、シルヴィアーナに会いに行く必要があるのだ。そして、そこにはシルヴィアーナの豊満な肉体による輝かしき童貞喪失が待っているのだ。

……でもボディタッチは続けてほしい。

後に待ち構えているご褒美がどれほど大きくとも、目の前の誘惑というものは、いつだって強力なのだ。

行きたいが行きたくない。

そんな相反する気持ちに、バッシュの表情が苦渋に歪んだ。

それを見て、ブーゲンビリアが慌てて頭を下げた。

「も、申し訳ありません。サンダーソニア様が粗相を！」

「な、なんだよ粗相って。いいだろ別に、ちょっと肩を叩くぐらい。そんなに強く叩いてないぞ……もしかして、シワナシの森のこと、根に持ってるのか？　悪かったよ。あの時は邪険にして。でも仕方なかったんだ。お前だってわかるだろ？」

「いや、謝る必要はない」

何を謝られているかイマイチわからないし、わかるだろと言われてもわからないバッシユだったが、とにかく首を振っておいた。

「そういえば、こないだも大変だったみたいだな、六姫の連中に難癖つけられて……。もしまたあいつらに何か言われたら、私に言え。今度は追い出させやしないさ。なに、まかせろ。こう見えても私は偉いんだ」

サンダーソニアが薄い胸を張る。

バッシュの視線は、その薄くも確かに存在する膨らみに釘付けで、口元は自然と緩んだ。

それはまるでサンダーソニアの自慢話を、バッシュが苦笑しながら聞いている、そんな風にも見える構図だった。

周囲の者たちも「いいなぁサンダーソニア殿、バッシュ殿とお話しできて」と羨ましそうに指を咥えている。

場には、なんとも言い難い、悪くない空気が流れ始めていた。

「なんならあいつらに、勇者レトと戦った時のことを語ってやってくれ。ちょっと遅くなったかもしれないが、それできっとあいつらも溜飲を……ん？」

サンダーソニアがそう提案しかけた時、会場の奥の方がざわついた。

「お、スピーチの時間みたいだな」

「なに？　イヌエラ王女のか？」

「うん？　まぁイヌエラからだろうな。けどトリカブトと女王もスピーチするぞ」

イヌエラ王女のスピーチが始まる。

その事実に、バッシュは我に返った。

手紙には、『イヌエラのスピーチが始まる頃、聖樹の下に来てください』と書かれていた。

こうしちゃいられなかった。

「実は女王のスピーチの原稿は私も手伝ったんだ。なに、大したことじゃないさ、レオーナがどうしても不安だって言うから、ちょっとした手直しをな。私もこうした式典でスピーチをする機会は多いから、そういったことは――」

「失礼する」

「お、おい？　どこに行くんだ？　スピーチ始まっちゃうぞ？　いやまぁ、別に聞かなくてもいいっちゃいいけど……あ、トイレか！　我慢してたのか⁉　それはすまなかったな！　乾杯までには戻ってこいよ！」

バッシュは足早に、建物の奥、大きくそびえる聖樹に向かって歩き始めた。

万が一にも、待たせすぎるわけにはいかなかった。

9. 聖樹の種

ビーストの聖樹への立ち入りは禁止されている。

だが、王族だけは別だ。王族は、無許可で聖樹へと近づくことを許されている。

ゆえに、シルヴィアーナは肌を完全に隠したキャロットを伴い、聖樹へとやってきていた。

現在、途中、何人かの衛兵とすれ違ったが、誰にも見咎められることはなかった。

現在、シルヴィアーナは、キャロットが聖樹に祈りを捧げるのを見ていた。

サキュバスの信仰の祈りを見るのは、初めてだった。

サキュバスと言えば、奔放で淫乱なイメージがある。

実際、それは間違いではない。

大半のサキュバスは、男と見れば頰を紅潮させ、股を濡らしてすり寄っていく。

その様は、他の種族から見ると非常にだらしなく、理性のない、淫猥な存在に見える。

だが、信仰までそうかと言うと、そうではないらしい。

キャロットは案内された聖樹に跪き、暑苦しいローブを脱ぎ捨てると、その大きな幹に口づけをした。

ビーストの祈り方とは違う。

もし信仰を司るビーストの神官が見れば、邪教徒であると断じたかもしれないが、その姿はサキュバスという種族のイメージからは想像もつかないほど清廉で、敬虔に見えた。

聖樹に王族だけが無許可で近づくことを許されている理由は、特別なものではない。不届き者が聖樹に傷をつけたり、切り倒したりしないようにするためだ。

キャロットに関しては、その心配はなさそうだった。

聖樹に対する敬意が見えるし、祈りも真剣だった。

彼女は本当に、この聖樹に祈りを捧げるために、自分に近づいてきたのだろうと、そう思えた。

久しぶりの祈りだから時間は掛かるだろうが、さっさと終わらせ、バッシュを待ち構えたいというのが正直な所だった。

そう思っていると、キャロットが立ち上がった。

「もうよろしいのですか?」

「ええ、十分よ。ありがとう」

だが、振り返ったキャロットの手には、見覚えのないものがあった。

赤い半透明の球体。先程までは、持っていなかったものだ。

「それは？」

「あなたには関係のないものよぉん」

そう言ったキャロットの表情は、どこかシルヴィアーナを小馬鹿にしたようなものだった。

「……なんですか、その顔は」

「何って、なにがぁ？」

「あなたのその顔、非常に不愉快です」

「あはは、ごめんねぇ？　元々こういう顔なの」

「どんな顔をしていても構いませんけど、あなたの願いは叶えたのだから、こちらの用件も叶えてもらわなければ困ります」

「うふふ。ええ、もちろん。ほら、そろそろ来るようですよ」

キャロットは妖艶に笑いながら、聖樹の間の入り口の方を見た。

そこには、大きな影があった。ヒューマンやビーストではありえないほどの、大きな影。

さりとて、オーガよりは小さな影。

オークだ。

しかし、シルヴィアーナは気づいた。

何かがおかしい。そのオークは、バッシュより若干、大きいように見えた。バッシュはビーストよりも一回り大きく、ビースト的に巨漢と呼ばれる者と同等の大きさのはずだった。

だが、そのオークはバッシュよりも、さらに一回り大きかった。

そして何よりおかしい点があった。

色だ。そのオークは、バッシュよりも、青みがかって見えた。

バッシュの肌は、一般的なオークと一緒、グリーンであるはずなのに。

違う、バッシュではない。別のオークだ。

「キャロット……？」

シルヴィアーナは振り返る。

しかし、キャロットは妖艶に笑うばかり。

「……なん、ですか？」

シルヴィアーナの心中が不安でいっぱいになる。

何かがヤバイと彼女の脊髄が告げた。

「……！」

シルヴィアーナは咄嗟（とっさ）に駆け出そうとした。

だが、それはままならなかった。気づいた時には、顔を地面へと叩きつけられていた。

「あらあら……」

キャロットに足を払われた、と気づいた時には、彼女がシルヴィアーナの手を後ろにひねり、腰に膝を乗せていた。

「何を……！　離せ！」

「上に乗ってるだけよ？　それを振りほどけないなんて、運動不足なんじゃないのぉ？」

「誰かいないか！　衛兵！　衛兵！」

「誰も来ないわよぉ？　道中ですれ違った衛兵には、みーんな『魅了』を掛けておいたから」

その完全に馬鹿にした口調に、シルヴィアーナは全身に力を入れたが、肘関節は完全にきめられていた。

シルヴィアーナはうめき声を上げながら、足をジタバタさせただけだった。

「私は、お前の望みを叶えたでしょう！」

「ええ、お陰で聖樹に近づくことができたわ。私の下僕ちゃんも入り込ませることができたし。聖樹の種も、ほらこの通り」

キャロットはは赤い球体をお手玉のように弄び、妖艶な笑みを浮かべた。

「裏切ったの⁉」

「そうよ、自分を賢いと思っているお馬鹿さん」

馬鹿と言われ、シルヴィアーナの顔が赤く染まり、そして次第に青くなる。

確かに、自分が主導権を握っているつもりでいた。

バッシュを陥(おとしい)れるため、最適な方法を選んだつもりでいた。

「でも、自分を責めちゃダメよ。だって私は『喘声(ぜんせい)のキャロット』。私の『魅了』は女をも喘(あえ)がせるもの」

「……！」

「男に掛けた時ほどではないけど、でも欲望を増幅させ、理性を失わせ、心の隙を生むには十分。私に魔法を掛けられて、目先の餌に釣られてしまっても、それはあなたが馬鹿なせいだけじゃないのよぉ。だから、あまり自分を責めないでぇ」

女にも効く魅了魔法。

そんなものがあるはずはない。

そう内心で叫ぶものの、確かに普段だったら、もう少し冷静な判断もできたはずだ。

こういった状況にならないよう、布石を打っておくぐらいはしていたはずだ。

後先を考えない性格なのは自分でもわかっているが、最初から、この者が『良からぬ者』だということは気づいていたのだから。

「私を、どうするつもり!?」

「別にどうにもしないわ。ただ死んでもらうだけ……」

「く……!」

シルヴィアーナは暴れた。

だが、拘束は解けない。

いつしか、シルヴィアーナの前に、ブルーオークが立っていた。

うつろな目で、口元からよだれを垂らしながら。

「やめろ！　離せ！」

「でも、気が変わったわ。ただ死んでもらうんじゃダメね」

「えっ……まさか……」

「うふふ」

その言葉に、シルヴィアーナの顔から血の気が引く。

このブルーオークに犯させるつもりなのか。

バッシュに復讐（ふくしゅう）することもできず、見ず知らずのオークに犯され、最大限の屈辱を味わわせた上で、首を落とされる。

そんな死に様は嫌だ。完全に、無駄死にじゃないか。

「なぜこんなことを。私があなたに何をしたというの⁉」

「バッシュ様……『オーク英雄』は我らサキュバスの恩人よ。いいえ、サキュバスどころか、七種族連合のどの種族だって、あの方に一度は助けられているの。あなたみたいな小娘が腹いせに弄んでいい相手じゃないの。わかるぅ？」

次第に、キャロットの声音が変わっていった。

低く、鋭く、憎悪と怒りの籠もった声音へと。

「それをあんな風に粗雑に扱って、あまつさえ罠にはめようとした。絶対に許さない。簡単には殺さない、相応の罰を受けてもらう。死んだ方がマシだと思うような罰を」

シルヴィアーナはそこで、ようやく、自分が虎の尾を踏んだことに気づいた。

『オーク英雄』バッシュ。

世界各地に逸話が残り、幾つもの二つ名を持ち、古強者なら誰もが恐れ、誰もが敬う戦場の悪魔。

誰もが、だ。

ありとあらゆる種族の猛者の誰もが、彼を恐れ、敬っているのだ。

それはつまり、彼があらゆる戦場で戦い、勝利し、誰かを助けてきたことを示している。

ビーストの誰もが勇者レトを慕うように、七種族連合の戦士たちは、誰もがバッシュを慕っているのだ。

それは、サキュバスも例外ではない。

「でも、さすがはバッシュ様よね。異国の地に来て、異国の姫君とデートすることになったというのに、ちゃんと紳士的にエスコートできるんですもの。エスコートの内容こそ、どこかの雑誌に書いてありそうな付け焼き刃なものだったけれども、そもそもオークにエスコートなんて文化はないから、きっと今回のようなこともあるかもと予想して勉強されたのね。他のオークと違って、真面目な勉強家なのだわぁ」

頬を染め、うっとりと語るキャロット。

シルヴィアーナはぞっとしながら、視線だけで周囲をキョロキョロと見回した。

どうにかして、この状況を抜け出す必要があった。

拘束は解けない。

キャロット……『喘声のキャロット』。

戦争で名を馳せた古強者の一人。一見すると単なる痴女でしかないが、その実力は折り紙付きだ。シルヴィアーナとはフィジカル面で差がありすぎた。仮に拘束を解けたとしても、脇に立つ屈強なブルーオークをどうにかする術を、シルヴィアーナは持たない。

彼女ができるのは、ただ口車を走らせることだけだ。

「それだけのために、私を犯し、殺すのですか⁉　そ、それこそバッシュが怒ります
よ！」

「どうしてぇ？」

「あいつは、私に手出しをしないように気をつけていた！　オークとビーストが戦争にな
らないように、配慮していた。ならお前の行動は、その意図に反することになる！」

「あぁ……」

「そう、私を殺せば戦争になりますよ！　滅びますよ！　オークも、サキュバスも！」

「何言ってるのぉ？　それがあなたの望みでしょぉ？　……でも、そうね。もちろん、あ
の方はお怒りになるかもしれないわね」

「わかったら、すぐにこの拘束を外しなさい、今なら見逃してあげます」

シルヴィアーナは内心でほくそ笑みながら、そう言った。

口元には、薄い笑みが張り付いていた。

拘束を外した瞬間、結婚式会場で全てを暴露し、サキュバスとオークに罠に嵌められ、
危うく犯されそうになったと声高に主張しようと企んでいた。

「でも、あの方もオーク……私の話を聞けば、きっと私に味方してくれるはずよぉ。だっ

て、オークがあなたみたいな小娘にコケにされて、怒らないわけがないもの」

「あ、あなたの言葉を信じるとでも？」

「ええ、戦友だもの」

キャロットは顔を赤らめつつ、そう言って、赤い球体を持ち上げる。

「それに、別にバッシュ様を仲間に引き入れることだけが目的じゃないのよ？」

赤い球体。

そこからは、何か聖なる波動のようなものが発せられているように見える。

思えば、キャロットは聖樹（せいじゅ）に口づけする前には、あれを持っていなかった。

もしかすると、聖樹から取り出されたのではないか。

「……！」

その考えに、シルヴィアーナはぞっとした。

自分は、何か取り返しのつかない失敗をしてしまったのではないか。

目的のためには手段を選ばないつもりだったが、自分の矜持（きょうじ）より大事なものを台無しにしようとしているのではないか。

「これは、聖樹の種っていって、すっごいパワーを持っているの。普通は聖樹が代替わりする時にしか採れないらしいんだけど、サキュバスのエナジードレインを使えば、この通り」

「聖樹の種……？　そんなものを、何に……？」

「本当は秘密なんだけどぉ、特別に教えてあげちゃう」

キャロットはシルヴィアーナの耳元に口を寄せ、囁いた。

まるで、恋人と褥を共にする時のように。愛していますと告げるように。

「ゲディグズ様を復活させるの」

デーモン王ゲディグズ。

彼がいたから、四種族同盟は滅びかけた。彼がいなくなったから、七種族連合は敗北した。彼が戦争を終わりへと導き、彼の死が戦争を終わらせた。

戦争の権化。

数千年続いた戦争の中で、最も凶悪で、最も傑物で、そして最もいてはいけなかった男。

もし彼が生き返るとなれば……それは……。

「そんな、そんなことをすれば、世界が……」

シルヴィアーナは思い出す。

幼い頃の、あの全てにおびえて暮らさなければならなかった時期のことを。

闇の中から聞こえてくる悲鳴。朝方挨拶をした侍女が、翌日の夜にはいなくなっていたことだってあった。

だが、ある日それが終わった。

エルフやヒューマンに助けられ、勇者レトが奮闘し、ビーストは立て直した。

それ以来、シルヴィアーナはビーストの姫としてふさわしい生活を手に入れた。

だが、今度はそうはなるまい。

今度は、デーモン王ゲディグズは倒せまい。かの傑物が同じ失敗を繰り返すはずがない。

今度こそ、ビーストは滅ぶだろう。あの時のように追い詰められ、しかし誰の助けも得られぬまま。立て直しなどできぬまま。

なぜならもう、勇者レトはいないのだから。

「大丈夫よ。あなたには特等席で世界の情勢を見させてアゲる。あなたが一番嫌いで、一番憎んでいるオークの妻としてね……」

「ま、まさか私をバッシュに……」

「何言ってんの？　あなたみたいな性悪女がバッシュ様の妻にふさわしいわけがないでしょ？」

キャロットの瞳が赤く光り、ブルーオークが動き出す。

「うふふ、下僕に妻を与えてあげられるなんて、私も主人冥利(みょうり)に尽きるわねぇ……ガガン。ヤっていいわよぉ」

唐突にシルヴィアーナの拘束が解けた、咄嗟に立ち上がろうとしたが、それは叶わなかった。すぐにオークがシルヴィアーナへと覆いかぶさってきたからだ。

うつろな瞳のオークだが、その股間は大きく盛り上がっていた。

シルヴィアーナの未来を暗示するかのように。

「いやだ！　放せ！　やめろぉ！」

「うふふふ、ガガンったら、嬉しそうね。ああ、そういえば、下僕にする前、お姫様をブチ犯して何人も産ませるのが夢だって言ってたわねぇ……ビーストは多産だからいっぱい産んでくれるわよぉ。よかったわねぇ、夢が叶って」

「誰か、誰か助けて！」

「聞こえないわよぉ。ここは王宮の奥で、この辺りの衛兵はみーんな私の下僕になっちゃったもの。バッシュ様はまだ来ないはずだし……あら？　それとももしかして生娘だったかしら？　だったら、バッシュ様に取っておいた方がよかったかしら……まぁ、気にする方ではないわよね。戦争中、生娘のお姫様なんて飽きるほど抱いただろうし……」

「誰か、誰かぁぁぁ！」

「うるっさいわねぇ、だから、誰もいないって」

キャロットがクスリと笑った、その時だ、

「いや、いるさここに」

その言葉は、入り口の方から聞こえた。

キャロットが、シルヴィアーナが、ガガンと呼ばれたブルーオークが顔を上げる。

入り口には、一人の男が立っていた。

キャロットが、待ち人来たりと笑みを浮かべる。

「あら、随分と早い到着でしたね、バッシュ様、まずはこの状況を説明させていただきたく思……」

だが、その言葉は途中で消えた。

男は女性を模した仮面を付け、楽器を持っていた。

その肌はヒューマンのように白く、その体躯（たいく）はヒューマンのように小さかった。

要するにヒューマンだ。

バッシュでは、ない。

「…………誰?」

キャロットとシルヴィアーナの声は、同時だった。

男はそれを聞いて、楽器を鳴らす。

「愛と平和の使者エロール、ここに参上」

ボロンと、下品な音が鳴り響いた。

10.サキュバスの叫び

唐突に現れたその男に、場には白けた空気が流れていた。

流しているのは主にキャロットである。

「……はぁ？　結婚式の余興で呼ばれた道化かしら？　会場はここじゃないわよぉ？」

「自分でも酔狂なことをやっているという自覚はあるけど、道化じゃないよ」

エロールはコホンと咳払い(せきばら)をし、「あーあー」と声を出した後、また楽器を鳴らした。

ブギィと豚の断末魔のような音が周囲に流れる。

弾き語りでも始まってしまうのかと、二人は身構えるが、しかし始まったのは弾き語りではなかった。

「『喘声(ぜんせい)』のキャロット。君を追っていた」

「ふぅん？　熱心なファン？　たまにいるのよね。私に食べられたいって子……」

「ゲディグズを復活させたい勢力が、結婚式に何かを仕掛けてくるという情報を聞いて、ずっと捜していたんだ。聖樹近くの衛兵に『魅了』が掛かっていることに気づかなければ、ここにはたどり着けなかったかもしれない……間に合ってよかった」

「……本当に、何者？」

キャロットは警戒を強めつつ、シルヴィアーナの所まで戻った。

エロールは一歩前へと出る。

「キャロット。君はサキュバスの英雄として、国で相応の地位を得ているはずだ」

「うふ、質問には答えてくれないのね。嫌いじゃないわよぉ、そういう強引な男」

「なぜ君は、この平和な時代にゲディグズを復活させ、騒乱の時代へと戻そうとするんだい？」

穏やかな笑みを浮かべていたキャロットは、それを聞いて、ピタリと止まった。

「平和？　平和と言ったかしらぁ？」

キャロットはハッと鼻で笑い、片手を広げた。

エロールの瞳に、キャロットの美しい肢体が映る。

実に扇情的な服装だ。サキュバスだと知らなければ、ヒューマンの男なら誰もが彼女にフラフラと吸い寄せられてしまうだろう。

「この服、似合っているでしょう？」

「ああ、とてもね。目に毒なぐらいだ」

「でしょう？　あたしも気に入っているのよぉ。でも……あなた知ってる？　ルーニアス条約・第十六条」

それは、有名な条約だった。

「……サキュバスは、他国において肌を晒(さら)してはならない」

「そう、その法のおかげで、あたしたちは自分たちの好きな服を身に着けることすら禁じられたわぁ」

「でもその法は、陰部を晒すことを禁じていただけのはず」

「ハッ、どこにそう書いてあるの？　肌と言ったら肌よ。胸も肩も腕も背中も足も、髪や指先すら、あなたたちが肌と言ったら肌なのよ！　他国に出るなら、髪も顔も隠さなきゃいけない！　それから、ルーニアス条約・第十七条！」

「……サキュバスは、公共の場において男性をみだりに誘惑してはならない」

「ねぇ知ってる？　『こんにちは』って挨拶は、誘惑に当たるらしいわぁ⁉」

「……」

「あたしたちは！　公の場で異種族の男性に声を掛けることすら、禁じられているのよ！」

キャロットの声がだんだん大きくなる。

やがてそれは叫びとなり、キャロットの口から飛び出していく。

「国では全員がひもじい思いをしている！　老人や若者だけじゃないわぁ！　戦後に生まれてきた子供も、満足に食事を摂れず死んでいっている！　だってそうよね！　私たちの食料は、あなた方の裁量一つで決まるんだから」

「それは……君たちが戦後一年で犯罪者を粗雑に扱いすぎて、殺してしまったからだろう」

「殺したくて殺したわけじゃない！　当時の我々には、精奴隷に満足に食事を与えられるほどの余裕も知識もなかった！　そして、お前たちのどこの国も、支援などしてくれなかった！」

「それは、どの国も余裕がなかったからだ」

「違うわ！　あなた方が送り込んできたのが、国で厄介払いになった犯罪者だからよ！　死のうが生きようがどうでもよかったからよ！」

「……」

「そうして、現状に耐え、一方的に決められた掟を守っても、サキュバスというだけで警戒され、差別される！」

「……」

「それのどこが平和なの？　平和なのは、四種族同盟の連中だけじゃない！　サキュバスは今、絶滅の危機に瀕しているのよ？」

「わかった。国の上層部に掛け合って、君たちの国に奉仕活動に赴いてもいいという者を探――」

「ふざけるな！」

キャロットの叫びが、聖樹の間に響き渡る。

エロールは絶句した。

キャロットの目に、涙が溜まっていたからだ。

「私、この一年で世界中を回ったわ。各国に、少しでも人を分けてもらえるようにお願いに行ったの。頭を下げて、誠心誠意頼んだつもりよ。でも……ねぇ、ヒューマン。エロールと言ったかしら、あなたの所に行った時、なんて言われたと思う？　なにをされたと思う？」

エロールは答えない。エロールはわからない。エロールは何も知らない。

だが知っていることもある、ヒューマンにしろエルフにしろ、サキュバスは嫌われている。特に、女性からは蛇蝎のごとく嫌われている。

オークと双璧を成すほどに。

そんなサキュバスは、公の場で男性と会話することを禁じられている。

各国の上層部は、サキュバスの担当官を置き、それに対応させている。

そしてヒューマン側の担当官は、サキュバス嫌いで有名な女性だ。

何を言われたのかはわからない、何をされたのかはわからない。

だが、人としての尊厳が守られなかった可能性は十二分にあった。

「それは、すまなかった。彼女に代わり、私が謝罪しよう」

「どうでもいいわぁ。頭を下げられたって、お腹が満たされるわけじゃないの。それに、あなたの国だけじゃないもの。ドワーフはマシだったけど、エルフもヒューマンと同じぐらいひどかったし……ビーストもひどかったわぁ」

キャロットはそう言って、ブルーオークに担がれたシルヴィアーナの頭に手を乗せた。

細い腕だが、サキュバスは魔法による肉体強化を行える。

シルヴィアーナの頭など、簡単につぶしてしまえるだろう。

「私、この聖樹に立ち入るために、最初は真正面から堂々とお願いしに行ったのよ？　私は狩猟の神を信奉しているサキュバスです。どうか一度でいいから聖樹に祈りを捧げさせてくださいって……そしたら、なんて言われたと思う？」

キャロットの手に力が入る。

「お前のような薄汚い種族が狩猟の神を信奉するなど汚らわしい、よ？　サキュバスは信仰すら否定されるの！」

「やめろ！」

「……大丈夫、殺さないわよ、今はまだね」

シルヴィアーナの頭が握りつぶされることはなかった。

「サキュバスの状況はわかった。今すぐなんとかできるよう、働きかけてみる、だから……」

「アハハ！　もう遅いのよ！　あなたのごっこ遊びに付き合っている暇はないの！　あ、そうだ、そこまで言うなら、あなたがサキュバスの国に来てくれるのかしら？　みんなで精一杯、優しくしてあげるわよぉ？」

「すまないが、それはできない。私には責任がある。でも、なんとかしよう。約束する。確かに遅くなってしまったかもしれないし、君にはごっこ遊びに見えるかもしれないが、私は本気で世界平和を目指しているつもりだ」

「一年前にそう言ってくれてたら、私はあなたにかしずいて、愛人にでもなったでしょうけど……もう遅いわぁ」

キャロットはそう言うと、シルヴィアーナの頭を放し、再度足で踏みつけた。

「話は終わりよ」

「終わった所で、どうするんだい？　ここから逃げられるとでも？」

「逃げるのなんて簡単よ。その扉から出て、堂々と歩いていくだけだもの」

「私が、それを許すとでも？」

「あらあら、許してくれないのかしらぁ？　でも、許してくれなくたって、強引に押し通るだけよぉ」

「この私を相手に、それができるとでも？」

「はぁ……ガガン、この思い上がった坊やをどかしなさい」

キャロットの言葉で、ブルーオークが動く。

斧を構えてエロールへと進んでいく。

ガガン。

『青き雷声のガガン』。

戦場において、誰よりも早くウォークライし、誰より速く戦場を駆け抜ける歴戦の戦士。

目が覚めるような青色の肌は、メイジでもないのに触れたものの温度を下げる。

強い冷気耐性と同時に、強い炎耐性までも持っている、恵体のオーク。

終戦まで生き残った八人の大隊長の一人。

「そうか、残念だ」

エロールは腰の剣に手を掛けた。

その途端、剣から炎が立ち上る。剣を覆っていたボロ布が焼け落ち、真の姿があらわになっていく。

「……その剣は！」

キャロットが息を呑んだ。

それは、誰もが見覚えのある剣だった。

黄金の柄に太陽の文様が刻まれ、中央には赤い宝石が埋め込まれている。

刀身は白銀に輝き、周囲を陽炎が包み込む。その美しさは、その神々しさは、見る者全ての目を奪う。

剣の名は太陽。

『太陽の宝剣』。ヒューマン王家の宝具の一つ。

その斬撃はあらゆるものを焼き尽くし、持ち手に勝利をもたらす。

「改めて名乗らせてもらおう……」

エロールは抜く。『太陽の宝剣』を。

その瞬間、世界が変わった。空を覆う曇天が、一瞬の内に消滅していく。

晴れる。晴天が空を支配する。

エロールは仮面を外す。その下から現れたのは、端整な顔立ちのヒューマンの男。細面、切れ長の目。傷一つないその美貌は、戦場においてただの一度も顔に剣が届かなかったことを意味していた。

彼は名乗る。

「我が名はナザール・リーシャ・ガイニウス・グランドリウス！　ヒューマン王家第二王子にして『太陽の宝剣』を受け継ぐ者！」

ナザール。ヒューマンの王子ナザール。

またの名を『来天の王子』。

ヒューマン最強の剣士にして、デーモン王を打倒せし英雄。

彼の歩く道は、陽光で照らされる。

「そして、お前たちの野望を打ち砕き、この世界に真の平和をもたらす者だ！」

「ダメッ！　下がりなさいガガン！」

キャロットの言葉は、遅かった。

いや、あるいは並みの相手であれば、遅くはなかっただろう。ガガンは優秀な戦士だ。言われてから、退くこともできただろう。

だが、相手はナザールだった。手に持つは『太陽の宝剣』だった。

ガガンは命令通り、身を引こうと右足に力を入れ、バックステップを踏もうとした。

右半身だけが、後ろに下がった。左半身はその場に残っていた。

ブルーオークの巨大な体は、縦に真っ二つに割れていた。

バランスを崩し、倒れ始める体を、炎が包んだ。

炎は一瞬で傷口を焼き尽くし、ブルーオークの体を焼き焦がした。体が倒れきった時、その肉体の持ち主が青い肌を持っていたと判別できる者は、いなくなっていた。

「……ガガン！」

キャロットの悲痛な叫びが響き渡る。

オークは返事をしない。『太陽の宝剣』の一撃は、高い魔法耐性を持っていなければ確実に死をもたらす。回復魔法や蘇生(そせい)魔法すら許さない圧倒的な力。

デーモン王ゲディグズを死に至らしめた一撃だ。

「……キャロット、投降するんだ。悪いようにはしない」

「……」

キャロットは答えない。

その代わり、淡々とした表情で、這(は)いずり逃げようとしているシルヴィアーナを踏みつけ、動きを封じる。

「するわけないじゃなぁい？」

「相手が僕とわかって、なお戦うつもりかい？」

「そりゃ、エロールの正体が王子様でびっくりしたけど……私が逃げる理由ないの、あなたもよぉ〜くわかっているわよねぇ？」

「……さて、わからないな」

「余裕ぶってるけど、内心はガクガク震えているんじゃない？　あの時みたいに、優しくて強いお姉ちゃんには守ってもらえないのよぉ？」

「……僕も、あの時よりは強くなったさ」

ナザールはそう言いつつ、剣を構える。腰を落とし、深く踏み込もうとし……。

キャロットの瞳が赤く光った。

「……ッ！」

ナザールの動きが止まった。

「『魅了』……か……！」

「あら、すごい魔法耐性ね。本気でやったんだけど」

「生まれつき、魔法耐性には、自信があって、ね……」

口調は軽いが、ナザールは動けない。

それどころか、表情が苦悶に歪み、額にプツプツと脂汗が浮いていく。

「うん、ガガンが死んじゃったのはショックだけど、ヒューマンの王子ナザールが手に入るんだもの。差し引きすれば、悪くないわね」

「……僕が、そう易々と君の手に落ちるとでも？」

ヒューマンの男とサキュバスの相性は最悪だ。

ましてや相手が『喘声』となれば、勝てる確率など五パーセントもあるかどうか。

「落ちるわよ。私の『魅了』が効かない男なんていないんだから……」

キャロットの眼光が強まる。

途端、ナザールの持つ『太陽の宝剣』が輝きを増した。それと同時に、ナザールの首に掛かっている宝石や、腕輪、靴なども光り始める。

キャロットの赤い光が押し戻されていく。

「どれだけ耐性装備を持ってきているのよ。用意周到ね。それとも、ヒューマンはそれだけの余裕がありますっていう戦勝国自慢？」

「……こういう、事態もあるかと思って、ね」

ナザールは苦悶の表情を浮かべつつも、剣を放さない。

キャロットが近づいて止めを刺そうとすれば、あるいは彼の脇をすり抜けて出口へと向かおうとすれば、彼は力を振り絞り、渾身の斬撃を放つだろう。

相打ち覚悟のその一撃を、キャロットは回避する自信がない。

キャロットが回避できる程度の腕前なら、この王子様は、とっくの昔に戦争で命を落としているだろうから。

とはいえ、ナザールにもまた、自分から踏み込んで一撃を放つだけの余裕はなかった。

一触即発のまま、時間だけが過ぎていく。

「膠着状態か、さて、困ったものだね」

そう言うナザールの表情に焦りはなかった。

シルヴィアーナが殺されるのは困るが、このままこの状態が続けば、いずれ会場にもこの異変が伝わろう。

今日は勘の鋭い者も何人か来ているし、そこにはあのサンダーソニアもいる。

サンダーソニアは、キャロットの天敵だ。

戦争において、サンダーソニアがキャロットと直接相対した戦いでは、サンダーソニアは全て圧倒して勝利していると聞く。

時間を稼げば勝利は確実。そう考え、待ちに徹していた。

「なるほど、時間を稼げば、サンダーソニアあたりが気づいて援軍が来るとか思っているのね……」

キャロットが笑う。

「でも次に来るのが、あなたの味方とは限らないのよ？」

キャロットがそう言った次の瞬間、エロールは背後から気配が近づいてきているのに気づいた。

強大な気配。

一歩歩く毎に、自分の十数倍は大きい捕食者が近づいてくるような恐怖が大きくなる。

一歩、また一歩と近づいてくる。

けっして遅くはない。まるで獲物を捕食するのが待ち遠しいかのように、軽やかに、速く。

否が応でも緊張感が高まっていく。

シルヴィアーナを除けば、全員がその足音を、気配を、知っていた。

そして、その気配が、今まさに顔を出し……。

「あ、旦那、ここっすよ」

と、そこにヒョイと顔を出したのは、一匹のフェアリーだった。

一瞬だけ、気が抜ける。

なんだフェアリーか、と。

だが、次の瞬間には、誰もがまた気を引き締めた。

ここにいる誰もが、そのフェアリーを知っていた。

かの者が現れる時、必ず斥候としてフェアリーが現れる。時にそのフェアリーは簡単に捕まることから、こう呼ばれた。

『撒き餌（まえ）のゼル』。

そして、撒き餌に引っかかれば、必ず奴（やつ）が現れる。

「ああ」

ゆっくりと、そいつが姿を現した。

緑の肌、オークにしては小柄だが、ギッチリと筋肉の詰まった肉体。

その肉体は、ビーストの正装に包まれ、トレードマークとも言うべき不壊の大剣も背負われていないが、圧倒的な強者の気配は変わらない。

『オーク英雄（ヒーロー）』バッシュ。

「まさか……君も彼女の仲間なのかい……？」

エロールの呟（つぶや）きは、彼の冷や汗と同時に出ていた。

11．平和の使者

ナザール・ガイニウス・グランドリウス。

ヒューマン王家グランドリウスの第三子にして、第二王子。ヒューマン最強の剣士にして、デーモン王ゲディグズを倒した来天の王子。

まごうことなき英雄である。

そんな彼の人生は栄光に彩られていた……わけではない。

彼の人生の最初の一幕は敗北から始まった。

ナザールには姉がいた。

リーシャ・ガイニウス・グランドリウス。

双子の姉で、極めて優秀だった。

ナザールにとって記憶も定かではない赤子の頃から、ナザールは彼女に負けて育った。

まず生まれた時、ナザールはリーシャの後に生まれた。

母親の乳を先に吸ったのも、四つん這いで動き始めたのも、二足で立ったのも、全て姉が先だった。

剣を振り始めた頃には、周囲の者にハッキリとわかるほど、差が現れ始めた。

剣の腕も、足の速さも、学問も。

ナザールは、何一つ、姉に勝てなかった。

もっとも、ナザールに才覚がなかったわけではない。

ただ一手、あるいは一歩、姉に及ばないだけで、もしリーシャが生まれていなければ、ナザールはヒューマン史上最強の存在になっていたであろう。

当時のヒューマン王、ナザールの祖父であった男は、二人を分け隔てなく育てるよう、ナザールの父に命じた。

この双子が、戦争の行く末を変えてくれると、固く信じて。

その約束は守られ、ナザールとリーシャは同じように育てられ、そして、最強の双子となった。

リーシャはヒューマン王家の秘宝である『雷雲の宝剣』を、ナザールは『太陽の宝剣』をそれぞれ受け継いだ。

『降天の王女』と『来天の王子』。

その名を聞けば、名のある敵将であっても震え上がる存在となった。

ナザールに劣等感がなかったと言えば嘘(うそ)になる。

が、そんなものを気にしていられないほど、当時の戦況は悪かった。

むしろ、姉という絶対的に信頼できる存在がいることが心強かった。

仲が悪かったわけではない。二人はいつも一緒にいて、同じものを食べて、同じものを見て、同じような冗談を言って、同じように笑いあった。

ナザールはリーシャのことを、全て知っていた。

だから、劣等感が原因で、何かがあることなどなかった。

ただ、ずっとそれが続いたわけではない。

リーシャは、ナザールより必ず一歩先を行く女だった。ナザールより一歩早く戦場に行き、ナザールより一人多く敵を倒し、ナザールより一人多く味方を救った。

そして、ナザールより早く死んだ。

激戦区となった戦場で味方を逃がすため、少数の決死隊と共に残り、そして帰ってこなかった。

死体を見たわけではない。

リーシャは優秀な娘だから、きっと逃げ延びてどこかで生きていると、誰もが言った。

だが、その後に敵軍が『ヒューマンの王女リーシャを討ち取った』と喧伝（けんでん）し、敵軍の士気も上がったことで、誰もが絶望した。

リーシャは間違いなく、ヒューマンの希望だったのだ。

ナザールは、自分は次の戦場で死ぬのだろうと確信した。

今まで、ずっとそうだったからだ。

一歩遅れてはいたものの、リーシャにできて、自分にできないことはなかった。

リーシャに起きて、自分に起きない出来事もなかった。

だから死ぬ。そういうものだ。

そう思って次の戦いに臨んだ。

そして生き残った。レミアム高地の決戦で、デーモン王ゲディグズを打ち倒して。

そこから先の戦いは、何やら夢心地だった。

勝利に次ぐ勝利。二、三度の敗北はあったものの、大勢には影響はなかった。

いつしかナザールは、ヒューマンの王子、ゲディグズ殺しの英雄としての名声をほしいままにし……リーシャの名前は、人々の記憶から、ほとんど消えてなくなっていた。

いや、ほとんどの人が、聞けば思い出すだろうが、「ああ、そんな人もいたね」と、まぁ、その程度だ。

どこの国の英雄でも、死んで次の英雄が現れれば、過去の人となる。

勇者レトのように、次の英雄が現れなければ、長く記憶に残ることもあるが、ほとんどは殺した者の記憶にのみ残り、その者を称える詩にのみ登場する。
でもナザールは憶えている。
リーシャと話した日々のことを。彼女が死ぬ前日に話した、荒唐無稽な話を。
ナザールが想像もできず、ポカンと聞いていた、夢の世界の話を。
全ての種族が手を取り合う、争いとは無縁な世界の話を。
だから、戦争が完全に四種族同盟の優勢に傾いた時、ナザールはあることを決意した。
リーシャの語った夢を実現させよう、と。
世界を平和にしよう、と。
だからナザールは誰よりも早く、和平という案を出したのだ。
ゆえにナザールは『ナザール・リーシャ・ガイニウス・グランドリウス』なのだ。
彼はナザールであり、リーシャであり、世界平和を目論む者であるから。

■　■　■

そうして三年。

ナザールは世界平和のために奔走し続けてきた。各国を見て回り、争いの芽を摘んで歩いた。ナザールの名を使って、大々的に。

だがヒューマンの王子ナザールの名は、いらぬ騒動を生んだ。

ナザールの活動を隠れ蓑に私腹を肥やす者や、ナザールの耳に入らぬよう、裏でこそこそと動き始める者、王子が遊びで他国を渡り歩いていると揶揄する者、様々な者が現れだした。

ゆえに途中から、愛と平和の使者エロールと名前を変えた。

それでも、ナザールの名では、人はついてはこない。情報も集まらず、動きは鈍る。

エロールの名では、ナザールの名を使わなければならない時は多かった。

だから普段はエロールとして行動し、必要な時だけナザールを名乗った。

朝も夜もなく、ナザールは動き続けた。話し合いで解決できる時は話し合いで、そうでない時は実力行使で。

正直、実力行使になることの方が多かった。

戦争に勝利した四種族同盟は、七種族連合の国々を食い物にし、利権を得た者はそれを手放そうとはしなかった。完全なる平和を目指すナザールは、それを正そうとし、ヒューマンの権力者たちに嫌われ、煙たがられた。

各国の状況が悪くなっているのはわかっていたが、ナザールの名を使っても手に入らない情報が増えていった。

幾度となく暗殺されかけた。

ナザールを煙たく思う者たちはナザールを殺そうとしてきたし、そういった相手に対し、返り討ちにする以外の選択肢をナザールは持ち得なかった。

しかし、殺した所で次の問題が浮上するだけであった。

戦争が終わったはずなのに、ナザールの手はずっと血で汚れていた。ナザールは、平和が何なのか、わからなくなってきていた。そもそも、ナザールは戦争しか知らない。何をどうすれば平和に近づくのかもわからない。全てが手探りだった。

その手探りも、疲れてきていた。

所詮、リーシャが口にしたのは夢物語なのだと、心のどこかで諦めかけていた。

そんな彼の耳に、ある情報が届く。

『デーモン王ゲディグズを復活させ、戦争を再開しようとしている輩(やから)がいる』

デーモン王ゲディグズ。

その強さは、実際に戦ったナザールはよく知っている。

だが、個体としての強さなどどうでもいい。あの程度の者であれば、長い戦争を振り返れば、腐るほどいただろう。

デーモン王ゲディグズの恐ろしい所は、それ以外の全てだ。

もしゲディグズが復活し、戦争再開となれば、今度こそ、四種族同盟は滅ぶだろう。

あるいは、七種族連合もまた、何種族か欠けることになるだろう。

その結果、きっと平和にはなるだろう。ゲディグズの支配の下、世界は一つとなるだろう。

が、それは違う。

ナザール・リーシャ・ガイニウス・グランドリウスの目指す平和は、全ての種族が笑って暮らせる世界なのだから。

リーシャがそう語ったのだから。

だからこそ、ナザールはそれを阻止するつもりでいた。

そのために、小規模な争いは起きようとも、全身全霊を傾けて敵の計画を叩き潰すつもりでいた。

それが、真なる平和に向かう行動だと、胸を張って言えなくても。

それぐらいなら自分にもできると確信を持って。

■

ナザールはヒューマンの王子。

ヒューマン最強の剣士であると、自他共に認められている。だがそんな彼であっても、勝ち目の薄い相手が何人かいる。

まず『喘声（ぜんせい）』のキャロット。

戦争中に彼女と相対したのは三度。

ナザールは三度共に敗北し、姉であるリーシャに助けられている。

リーシャはキャロットを圧倒し、早々に撤退へと追い込んでいる。

リーシャとキャロットの間には、リーシャが負ける可能性を感じさせないほどの差があった。

リーシャはナザールより強いとはいえ、せいぜい一手か一歩。

であるなら、ナザールもキャロットとまともに戦えば恐らく勝てるのだが、『魅了』の存在がそれを許さない。ナザールとキャロットでは、勝負にすらなるまい。一方的な捕食活動が行われるだけだ。

ゆえにナザールは、そしてヒューマン王家は、サキュバスへの対策だけは、ずっと練ってきた。

一対一なら勝負になる程度には。

しかし……。

「まさか……君も彼女の仲間なのかい……？」

『オーク英雄（ヒーロー）』バッシュ。

ナザールが彼と相対したのは二度。

一度目は、それほど脅威とは捉えなかった。というのも、まともに戦ったわけではないからだ。その時、ヒューマン軍は撤退のさなかであり、バッシュは数ある脅威の一つでしかなかった。

そして、当時のバッシュより脅威度の高い者は数多くいた。

後になって、「そういえばあの時、他より強いグリーンオークがいた。あれがバッシュだったのか」と気づく程度だ。

二度目は忘れもしない。

デーモン王ゲディグズを倒した直後。

奴（やつ）は現れた。血まみれの姿で、圧倒的な存在感を持って、圧倒的な絶望感を届けに来た。

ゲディグズ王を打倒した直後で、ナザールは深手を負い、サンダーソニアは気絶し、ドラドラドバンガは死亡していた。

勇者レトしか戦える者はおらず、そのレトとて、まともに戦えるとは言えない窮状だった。

そして、ナザールは撤退し、レトは死亡した。

後になって、そのオークが数々の異名を持つ化け物だと知った。

レミアム高地の決戦で、ドラゴンを打ち破った勇士だと知った。

そしてゲディグズが死んでから、終戦までの数年間。彼の噂を聞く度に、いずれ自分が決着をつけるのだと思っていた。勝てる気はしなかったが、あの時サンダーソニアを担いで撤退した自分がケジメをつけるしかないと思っていた。

だが、その前に戦争は終わった。

ナザールが終わらせた。

オーク国との和平会談にも参加し、バッシュの近くで『血塗れリリィ』の演説を聞き、バッシュに見守られながら調印した。

会談の際にバッシュは、他のオークの中でも特に立派で、特に獰猛そうで、平和とは無縁の存在に見えた。

とはいえ、あの日、もう彼と戦う機会は訪れないだろうと、そう思った。

そう信じた。

「仲間か、だと……？」

でも今、恐ろしい顔でナザールとキャロットを見比べているバッシュを見て、その考えを否定した。

もともと、無理のある話なのだ。

全種族の平和など。

キャロットが訴えたように、敗戦国には厳しい現状が続いている。

戦勝国の有力者が肥え太る中、敗戦国の中でも特に嫌われていた種族はやせ細り、虐げられている。

そして、その現状に満足できぬ者が出奔し、各国で悪事を働く度、状況は悪化した。

キャロットは努力したようだが、叶わなかった。

ヒューマンの所に来た時、ナザールと会うことができれば、なんとかしてあげることができたはずだ。本当に微々たるものかもしれないが、ナザールとして動けば、食料を少しぐらいは融通できたはずだ。

でも、ヒューマンの有力者が、サキュバス如きと英雄ナザールを会わせるなどという愚を犯すはずもなく、ナザールに届く前に訴状は握りつぶされた。

ナザールは各国を巡ったが、それでもサキュバスの国がそこまで追い詰められていることまでは、わからなかった。

ナザールは、オーク国の現状に詳しいわけではない。

外交をほとんど行わないオークの情報は、サキュバス以上に入ってこない。

だが、ナザールの知らない所で、七種族連合はどんどん衰退している。

オークは、サキュバス以上に外交が不得意な種族だ。各国に食い物にされていてもおかしくはない。それが証拠に、かの『青き雷声のガガン』は、凶悪なはぐれオークとして指名手配されている。

そう、生き残った数名の、誉れ高き大隊長ですら、国の現状に満足できず、出奔し、はぐれとなっているのだ。

正直、バッシュが旅に出た、という情報を聞いた時は肝を冷やした。

『オーク英雄』とまで言われる者がはぐれとなったとあれば、オークの国が崩壊するだろうと予想できたのだ。でもバッシュが、各国ではぐれオークや、オークが問題となる存在を排除していると聞いて、胸をなでおろした。

エルフが、ヒューマンが、ドワーフが、かの『オーク英雄』によって、オークの誇りを理解し、意識を変えてくれたのが嬉しかった。

それはほんの一部だが、それでも、今までオークという種への偏見を強く持っていた者たちが、オークもまた人であり、誇り高き戦士の集団だと思い直してくれたのが嬉しかった。

バッシュがオークの誇りを取り戻すためにそうしているのだと聞いて、勇気づけられた。

少し形は違えど、自分のやっていることと、バッシュのやっていることは同じ方向を向いていると、そう思ったからだ。

だからバッシュがビースト国に現れた時も、彼に協力した。

国境を通し、王宮へと案内した。

ビースト王族が、勇者レトを殺した恨みをオークに対して持っているのは知っていたが、だからこそ、この祝いの席で、オーク側が真摯に結婚を祝ってくれれば、ビーストも考えを改めると思ったし、バッシュならそれが可能だと思ったのだ。

そうであればいいな、とナザールは期待したのだ。

しかし、バッシュは会場から追い出された。

ビーストの姫君たちから、オークという種族への憎悪が取り除かれることはなかった。

後日、姫君に「なぜ、あれだけ真摯にビーストに歩み寄ってくれたバッシュを追い出したのだ」と聞いた所、彼女らは鼻で笑った。

服装を変え、殊勝な態度を取ることぐらい、四種族同盟の人間なら誰でもできる、と。

オークにとって、それがどれだけ困難で常識外なことかなど、考え及びもしないのだ。

それを聞いた時、ナザールはバッシュが旅の中で乗り越えてきた苦悩に思いを馳せた。

彼が旅を始め、ここまで来る間に、どれだけ心ない言葉を浴びせられただろうか。どれだけ屈辱に涙しただろうか。挫(くじ)けそうになったこともあったかもしれない。

もし。もしも、そんな彼が。

戦争の誘いを受けたら、どうなるだろうか。

ゲディグズの復活を知ったら、どうなるだろうか。

もう一度戦争が起き、こんな屈辱をもう二度と味わわなくて済むと知ったら……。

ナザールがバッシュなら、その話に飛びつくだろう。

オークという種族が、どれだけ戦いと子作りに重きを置いているかは、戦友であり、ヒューマン軍人の中で特に信頼している者からも聞いたことがあった。

戦争になれば、オークはそれだけで誇りを取り戻すことができるだろう。

勝てぬ戦いだからと和平に応じたのだから、ゲディグズが復活し、勝てる見込みのある戦いとならば、なおのこと。

「むぅ……」

『喘声』のキャロット。

『オーク英雄』のバッシュ。

ヒューマンは知恵と知識の種族だ。

地力で劣る相手であっても、対策を練り、武器と防具を用意し、用意周到に挑み、勝利をもぎ取る。

だから根回しをして、この王宮にも最高級の武具を持ち込んだ。

キャロット相手でも、バッシュ相手でも、ナザールはそれができるつもりでいた。

だが二人同時となれば、話は別だ。

絶対に勝てない。キャロットはまだしも、バッシュは無理だ。

一対一ですら勝ち目が薄いのに、キャロットの『魅了』で動きを鈍らされている状況では、万に一つもない。

今、この状況では逃げることすら叶うまい。

仮にここにサンダーソニアが現れ、キャロットの相手をしてくれたとしても、敵うかどうか……。

「キャロット」

バッシュの声は、深く、落ち着いて聞こえた。

困惑など何一つなく、すでに何と口にするかを決めているように。

待たせたな、とでも言わんばかりの声音。

「はい、お待ちしておりました。バッシュ様」

そして、それに応えるような、キャロットの歓喜の声。

もはや、バッシュはキャロットの仲間と見て間違いないだろう。

ナザールの知らない所で、キャロットはバッシュの勧誘を終えていたのだ。

ナザールは覚悟を決める。たとえ勝てないのだとしても、抗わなければいけない時はある。

ナザールは王子ゆえ、ずっと守られてきた。ナザールの命を救うため、ヒューマンの勝利のため、何人もの将兵が勝てぬ戦いに挑み、散っていった。

(なんとかして、逃げないといけない。シルヴィアーナ姫は見捨てることになるが……)

今が自分の番だとは思わない。

なぜなら、自分が死んでも、その遺志を継いでくれる者がいるわけではないからだ。

世界には、己のことしか考えぬ者ばかりだ。自分が死ねば、すぐに敗戦国は呑み込まれ、次は四種族同盟同士の戦争が巻き起こるだろう。

いや、それより前に、キャロットたちがゲディグズを復活させ、四種族同盟が滅ぶか。

そう思った時、ふと、ナザールの体が軽くなった。

体中に身に着けた装備が一瞬だけ輝きを強め、シュンと光を消した。

しかし、ナザールは動けなかった。

なぜなら、いつしか自分の目の前に、オークの巨大な背中があったからだ。

「その足をどけろ」

ナザールは咄嗟に、自分の足を上げた。

自分に言われたのかと思ったのだ。

だが、両の足の下には、何もない。何かを踏んでいたわけではないようだ。

（『魅了』が……）

足が動いたことで、ナザールは『魅了』が解除されたことを理解した。

いつしかキャロットの瞳は、赤く光るのをやめていた。

「えっ……」

キャロットは一瞬、呆けたような顔をしたが、すぐにツンと唇を尖らせた。

「いいえ、どけませんわ」

「……なに？」

「聡明なるバッシュ様はすでにお気づきだったかと思いますが、この女はバッシュ様を騙していたのです。バッシュ様に近づき、バッシュ様が手を出してきたら合意なき性交をさせられたと騒ぎ立て、オークという種そのものにその責任を被せようと、そう企んでいたのです」

「……むぅ」

「オークの英雄がビーストの姫君を無理やり手籠めにした。それが姫君の嘘でも、きっとビーストの王族はそれを是とするでしょう。だって彼女らは、オークのことが嫌いだから。あわよくば絶滅させたいと思っているから」

ナザールはそれを聞いて、さもありなんと思った。

擁護のしようがない。シルヴィアーナ姫のオークへの悪感情は有名だった。かの王宮での騒動で心を入れ替えたとか、そんな噂も流れてはきていたが、まぁ、そんなにすぐに心変わりするわけもない。

彼女がバッシュに近づいたのなら、それが目的だったのだろう。

「だよねぇ？」

キャロットがシルヴィアーナの髪をひっつかみ、顔を持ち上げ、そう聞いた。

シルヴィアーナは苦痛に歪んだ表情をしつつ、不敵に笑う。

「……そ、そんなのは嘘ですわ！　私はただバッシュ様をお慕い申し上げているだけ！この女は、バッシュ様が好きで、私とバッシュ様が仲睦まじくしているのを嫉妬しているだけなのです！」

それは、誰が見ても嘘だとわかる言葉だった。

瞳は泳ぎ、声は震え、冷や汗を垂らし、なんとか、口八丁でこの場から逃れようとしていると、傍(はた)から見ていてもわかってしまった。

バッシュは少々困惑した顔をしていたが、フェアリーが何かを耳打ちすると、納得した表情となった。

「なるほどな」

バッシュのその言葉は、ため息まじりに聞こえた。

そんな嘘、最初からわかっていると言わんばかりに。

「よくもぬけぬけと、すぐバレる嘘がつけるわねぇ……」

「ず、図星を突かれて、頭にきてしまいましたか？　ほらバッシュ様、これが証拠です！この淫売は、私を陥(おとし)いれようとしているのです！」

シルヴィアーナの言葉は支離滅裂で、必死で、見ていて痛々しかった。

やがてキャロットは、もう相手にしていられないとばかりにため息をついて、バッシュへと向き直った。

「バッシュ様、聞いての通りです。他国の英雄を弄び陥れようとする嘘つきの姫、ごっこ遊びで人をおちょくるヒューマンの王子……所詮、四種族同盟の連中は、オークやサキュバスを人とは思っていないのです。だからこんなふざけた真似(まね)ができる」

キャロットはそう言うと、バッシュへと手を伸ばす。

握手でも求めるかのように。

「バッシュ様。我らは七種族連合全ての種族の誇りを取り戻すため、戦うつもりです。どうか、私の手を取り、共に戦ってください」

真摯な言葉で、バッシュに懇願する。

バッシュが頷くと、そう固く信じていると言わんばかりに、言葉を続ける。

「実を言うと、あまり時間がありません。なので、作戦の詳しい説明は後ほどさせていただきます。まずはこの嘘つき女とふざけた王子を殺し、この場を脱出しましょう」

どうやら、キャロットはバッシュの勧誘を終えてはいなかったらしいが、とはいえそれは今になっただけだ。

ナザールが何を言おうとも、バッシュの心は変わるまい。

自分の言葉など、届くまい。

バッシュからすれば、エロールを名乗る者についていったら、王宮で屈辱的な扱いを受けた形になる。その正体がヒューマンの王子となれば、怒り心頭だろう。

ビーストとヒューマンが結託し、バッシュを陥れたと、そう見られても仕方がない。

そんなつもりはなかったと言っても、もう遅い。

最初からナザールを名乗り、王宮での騒動を聞いた時に謝罪に行くべきだった。

ゲディグズ復活を目論む者たちを探していて、それどころではなかったが……。

決定的なのは、シルヴィアーナの最後の嘘だ。

せめて謝罪しておけばいいものを、嘘をついてしまった。

キャロットを小馬鹿にするような態度まで取ってしまった。

バッシュからすれば、姫君だからと、屈辱的な扱いを受けつつも丁重に扱っていたのに、それを裏切られたことになるだろう。

「……」

バッシュは数秒ほど黙った後、ちらりとナザールの方を見た。

(……ここまでか)

その瞬間、ナザールは死を覚悟した。

どうにかしてこの場から離れようと考えていたが、逃げ切れる気がしなかった。

『オーク英雄』バッシュ。

その威圧感たるや、そこらの歴戦の戦士とは比べ物にならない。

ナザールは自他共に認めるヒューマン最強の剣士であるが、だからこそ、彼我の実力差を見極める力は持っているつもりだ。

死ぬ覚悟はある。戦う覚悟もある。

だが、それだけだ。

勝てる気はしないし、逃げ切れる気もしなかった。

思い返すのは、ゲディグズを倒した直後のあの時。バッシュが現れた時の絶望感。


「それは、できん」


だが、バッシュはすでにナザールの方は見ていなかった。

「え」

キャロットの呆けた声が、やけに大きく響いた。

「なぜですか⁉ 先日は、共に戦うと言ってくださったではないですか！」

「この男には借りがある」

「借り……⁉」

「ああ」

「ならば、受け入れるというのですか⁉ 今のこの現状を！」

「……現状の何が悪い？」

「サキュバスは、今、子供すら餓える有様なのです！　オークだってそうでしょう⁉　現に戦後、オークキングの治世に満足できず、多くの戦士が出奔したではありませんか！　大勢の誇り高き歴戦の戦士たちが！　そこに転がっているガガンだってそう、大隊長まで上り詰めた男が、女すら抱けないから国にいられないと出ていっているのですよ！　女さえ抱けるなら奴隷になってもいいと、私に訴えてきたのですよ⁉　私みたいなサキュバスに！　その結果がこれです！」

バッシュはガガンの死体を見た。

ナザールからは、バッシュの表情は読み取りきれない。

ただ、どこか悲しそうな表情に見えた。

「ガガンの気持ちはわかるが……」

バッシュはそこまで言って、しばらく沈黙した。まるで言葉を選ぶように。

やがてバッシュは、ぽつりと言った。

「敗北するとは、そういうことだ」

それを聞き、キャロットはハッとした顔をして、うつむいた。

「……そうでしたね。バッシュ様はバッシュ様で、決意を持って、こうしてこんな所にまでやってきていらっしゃるのでしたね」

　キャロットはそう言うと、ゆっくりと立ち上がる。

　その顔は泣きそうにも見えた。勝てぬ戦いに身を投じる戦士を、見送っているかのように見えた。

「何を言っても、考えを変えてはくださいませんか？」

「ああ」

「……たとえ、デーモン王ゲディグズが復活する、と言っても？」

「関係ないな」

　キャロットはゆっくりと目を閉じ、ふぅと息を吐いた。

「わかりました……道は違えども、貴方(あなた)が尊敬する戦士であることには変わりありません」

「俺もお前のことは尊敬に値する戦士だと思っている」

　その言葉に、キャロットはほんのりと頬を染め、口元を緩ませた。

　その少女のようなはにかんだ笑みは、しかしすぐに消えた。

　彼女は表情を引き締める。英雄に憧れる女から、一人の戦士の顔に。

「貴方を倒してでも、私は私の道を行かせていただきます」

「……そうか」

キャロットはバッシュの眼前に進み出ると、拳を構える。

二人の戦士に、これ以上の問答は無用であった。

「元サキュバス女王国・第一大隊総指揮。『喘声』のキャロット」

キャロットは名乗る。

髪をかきあげ、妖艶に。

「元オーク王国・ブーダーズ中隊所属戦士。『オーク英雄』のバッシュ」

バッシュも名乗る。

堂々たる名乗りだが、どこかその声音には躊躇があるように思えた。サキュバスの現状に共感できるゆえ、彼女と戦うことへの迷いがあるのだろう。

「……」

バッシュはキャロットを睨みつけ、拳を構える。

武器はない。バッシュもキャロットも、王宮に入場する際に、武器は預けていた。

この場で武器を持つのは、事前に許可を得て武具を持ち込んだナザールのみ。

だが、彼は動かなかった。逃走する絶好の機会であったが、逃げなかった。

（そうか……そういうことなのか……）

ただ、感動していた。

（なんと素晴らしいのだろうか……）

ナザールは二人の関係を知らない。

見ていない所で、二人の間に、どんな会話があったのか知らない。だが、少なくともキャロットが持ちかけた話は、バッシュにとって悪い話ではないはずだ。戦争が起きれば、いくらでも戦いに身を投じることができる。

女にも不自由しないだろう。不自由しないどころか、サキュバスが尽くすとまで言っているのだ。

そして、ゲディグズが復活したなら、勝利は確実だ。まさに全てを得ることができる。

その話をバッシュは蹴ったのだ。ナザールに借りがあるから、と。

ナザールがしたことと言えば、国境を通してやった程度だ。

王宮にも案内したが、その後に起きた問題を思えば、申し訳なくすら思っている。

普通なら、感謝されることはあるまい。罠にはめられたと思ってもおかしくないはずだ。

だが、バッシュは『借り』と受け取ってくれた。

『貸し』ではなく、『借り』だと。

それを理由に、キャロットの話を蹴った。

ナザールの胸が熱くなる。

彼は敗北を受け入れつつ、オークの誇りを守ろうとしているのだ。今の時代に沿って、オークも変わるべきだと考えているのだ。

あるいはそれは、オークという種全体から見れば、非難されることかもしれない。

何が敗北を受け入れる、だ。俺たちには戦いしかない。戦って女を捕まえて犯すのが、我らオークの至上の生き方だ、と。

でもバッシュはそれを否定し、正しいと思う道を行くことにしたのだ。

ナザールは、バッシュの目指す所は、自分と似ていると思った。形は違うが、同じ所を目指しているのだと思った。

だが違う。

きっと、彼の目指す所は、ナザールより先なのだ。

きっと、この『オーク英雄』は、もっと先を見据えているのだ。

このまま平和な時代が続いた、その先を。ナザールですら見えぬ、何かを。

でなければ、たいして力にもなれなかったナザールに、正体を隠していたナザールに、借りがあるなどと言ってはくれまい。

(ヒューストン、君が手紙であれほどバッシュ殿を褒めていた理由が、今わかったよ)

この場から逃げるなど、できようはずもない。

ナザールは、目の前のオークの選択を、戦いを、誇りを、見届ける覚悟を決めた。

12・英雄VS喘声

何が起きているのか、さっぱりわからなかった。

手紙を受け取って、スピーチが始まる頃に、聖樹(せいじゅ)に到着した。

遅れてはいなかったと思う。しかし、なぜか聖樹の下には、シルヴィアーナ以外の人物がいた。

なぜか、キャロットがシルヴィアーナを足蹴にしていた。

なぜか、ガガンが真っ二つに割られて死んでいた。

なぜか、ナザールが正体を隠し、エロールと名乗っていた。

三人はどうやら争っているようだったが、その経緯などについて、バッシュにわかるはずもなく。まるで理解が追いつかなかった。

何一つ、バッシュに事情はわからなかった。

(何が起こっている?)

(わかんないっすけど……見た感じ、恐らく痴話喧嘩(ちわげんか)っすね)

しかしゼルはピンときていたようだった。

やはり頼れる相棒というものは必要だ。

（痴話喧嘩？）

（昔見た本に書いてあったっす。ヒューマンとかビーストは、想い人を取り合う時、決闘をするらしいっす）

（……キャロットとシルヴィアーナが決闘したということか？　ならばナザールとガガンは、なぜここにいる？）

（恐らく、キャロットは旦那のことが好きなんすよ。だから旦那といい仲になっているシルヴィアーナに決闘を挑んだ。当然、キャロットが勝ったものの、そこにキャロットが好きなガガンと、シルヴィアーナが好きなナザールが現れ、決闘！　ナザールが勝利する。あとは残った者が生き残りをかけた戦いをしている、というわけっすよ。といっても、男がキャロットの姉御に勝てるわけないんで、勝者は決まりっすね）

彼は現場の状況から何が起こったかを推理する達人だった。

人は彼のことを『名探偵ゼル』と呼ぶ。

彼の手にかかれば、あらゆる事件は迷宮入りだ。

もちろん、痴話喧嘩はそんなトーナメント形式ではない。

（なるほど）

だがバッシュはその推理に納得していた。

複雑すぎて半分ぐらいしか理解できなかったが、二人のオークが、一人の女を妻にしたいと思ったら、相手を殺して奪うのは常識だ。

ヒューマンの間でも、そうした痴話喧嘩が発生するというなら、こういった状況も起こりうるのだろう。

（ナザールも哀れっすよね。姫様は旦那のことが好きなのに）

（仕方あるまい。あれだけ魅力的な女なのだから）

本来なら、自分の狙っている女に手出ししようとしたナザールに怒る所だが、バッシュは彼に大きな借りがあった。

ヒューマン王家の秘宝ともいえる、雑誌の提供だ。

あの雑誌がなければ、シルヴィアーナとここまでの仲になることはできなかっただろう。

ついでに言えば、シルヴィアーナは今夜自分と性交し、妻となるのだから、余裕を持った大人の態度で彼を見逃してやれる。

（どうするんすか？）

（シルヴィアーナを助け、ナザールに借りを返す）

一石二鳥であった。

キャロットを退ければ、シルヴィアーナにいい所を見せられるし、ナザールへの借りを返すことにもつながる。

ゆえにバッシュは動く。

キャロットの『魅了』で身動きが取れず、死を待つばかりのナザールをかばい、キャロットの前面へと。

「キャロット」

「はい、お待ちしておりました。バッシュ様」

そう言うキャロットは、バッシュの目に、そして人生に猛毒を与えるような格好をしていた。サキュバスの民族衣装だ。その民族衣装の下には、よだれが零れ落ちそうなほどの肉体が零れ落ちそうになっている。

もしバッシュが童貞でなければ、フラフラと吸い寄せられてしまい、そのまま勝者に望むものを与えてしまっただろう。

だが、そうはいかない。

バッシュは鉄の意志で視線を外すと、シルヴィアーナの方を向いた。

「その足をどけろ」

「えっ」

キャロットは驚愕の表情を浮かべていたが、すぐにキッと強い視線を向けてきた。

「いいえ、どけませんわ」

「……なに？」

「聡明なるバッシュ様はすでにお気づきだったかと思いますが、この女はバッシュ様を騙していたのです。バッシュ様に近づき、バッシュ様が手を出してきたら合意なき性交をさせられたと騒ぎ立て、オークという種そのものにその責任を被せようと、そう企んでいたのです」

「……むぅ」

「オークの英雄がビーストの姫君を無理やり手籠めにした。それが姫君の嘘でも、きっとビーストの王族はそれを是とするでしょう。だって彼女らは、オークのことが嫌いだから。あわよくば絶滅させたいと思っているから」

キャロットがシルヴィアーナの髪をひっつかみ、顔を持ち上げる。

「だよねぇ？」

シルヴィアーナは苦痛に歪んだ表情をしつつ、不敵に笑う。

「……そ、そんなのは嘘ですわ！　私はただバッシュ様をお慕い申し上げているだけ！　この女は、バッシュ様が好きで、私とバッシュ様が仲睦まじくしているのを嫉妬しているだけなのです！」

　そこで、ゼルがもう一度、バッシュに耳打ちをしてきた。

（やっぱり、オレっちの推理が正しかったみたいっすね）

「なるほどな」

　雑誌の力というものは、恐ろしいものだ。

　狙っていたシルヴィアーナだけでなく、その気のなかったキャロットまで魅了してしまうのだから。

　戦争中もそうだった。

　自分に扱いきれない魔剣や、魔道具の類は、知らず知らずの内に、味方まで傷つけてしまうものだ。

「よくもぬけぬけと、すぐバレる嘘がつけるわねぇ……」

「ず、図星を突かれて、頭にきてしまいましたか？　ほらバッシュ様、これが証拠です！　この淫売は、私を陥れようとしているのです！」

「バッシュ様、聞いての通りです。他国の英雄を弄び陥れようとする嘘つきの姫、ごっこ遊びで人をおちょくるヒューマンの王子……所詮、四種族同盟の連中は、オークやサキュバスを人とは思っていないのです。だからこんなふざけた真似ができる」

ふざけた真似……確かに、シルヴィアーナの態度はよくない。

負けた者の態度ではない。敗北者が虚言で勝者を貶めるなど、殺されても仕方がない行為だ。ナザールがエロールと名を偽っていたのも、求婚された側からすると、ふざけた真似だろう。

「バッシュ様、我らは七種族連合全ての種族の誇りを取り戻すため、戦うつもりです。どうか、私の手を取り、共に戦ってください」

キャロットはそう言って、手を差し伸べてきた。

豊満な胸がふるりと震えて、とっても目の毒だ。

これが、サキュバス流のプロポーズなのかもしれない。

先日の、共に戦ってほしいという言葉も、それを示唆する言葉だったのか。

「実を言うと、あまり時間がありません。なので、作戦の詳しい説明は後ほどさせていただきます。まずはこの嘘つき女とふざけた王子を殺し、この場を脱出しましょう」

だが、バッシュの返事は決まっている。期待させてしまったのは悪いが、バッシュはシルヴィアーナと添い遂げるつもりだし、ナザールにも大きな借りがある。

殺すことなどできはしない。

「それは、できん」

「え」

キャロットのショックを受けた表情を見るのは、バッシュとしても辛かった。

自分も、振られる度に、こうした顔をしていたのかもしれない。

「なぜですか⁉ 先日は、共に戦うと言ってくださったではないですか！」

「この男には借りがある」

「借り……⁉」

「ああ」

「ならば、受け入れるというのですか⁉ 今のこの現状を！」

「……現状の何が悪い？」

純粋な疑問だった。

「サキュバスは、今、子供すら餓える有様なのです！ オークだってそうでしょう⁉ 現に戦後、オークキングの治世に満足できず、多くの戦士が出奔したではありませんか！ 大勢の誇り高き歴戦の戦士たちが！ そこに転がっているガガンだってそう、大隊長まで上り詰めた男が、女すら抱けないから国にいられないと出ていっているのですよ！ 女さえ抱けるなら奴隷になってもいいと、私に訴えてきたのですよ⁉ 私みたいなサキュバスに！ その結果がこれです！」

バッシュは唐突に変わった話題に、やや首をかしげる。

確かに、オークは戦争中に比べて、昔に比べて貧しくなったかもしれない。

子供が餓えているかと聞かれれば、そのとおりだ。だが子供は餓えるものだろう。戦争中からそうだった。

現状を嘆いて、多くの戦士がはぐれオークとなったのも事実だ。彼らはオークキングの決定に従えず、敗北を受け入れられず、オークの国から出ていった。

「ガガンの気持ちはわかるが……」

ガガンの気持ちはわかる。

ガガンは、早い段階ではぐれオークとなり、国から出ていった。

その理由までは聞いていなかったが、オークが出奔する理由は、戦いを求めてか、女を求めてかのどちらかだ。

バッシュとて、童貞でなければ、あるいは英雄と呼ばれる責任ある立場でなければ、もしくはキャロットがサキュバスでなければ、サキュバスで童貞を捨てたら魔法戦士となるのが確定するのでなければ、キャロットの奴隷になりたいと思うだろう。

そしてガガンはキャロットをものにするため戦いを挑み、負け、死んだ。

オークキングの掟(おきて)に背く行為ではあるが、オークらしい行為であり、オークらしい最期だと言えるだろう。

「敗北するとは、そういうことだ」

「……そうでしたね。バッシュ様はバッシュ様で、決意を持って、こうしてこんな所にまでやってきていらっしゃるのでしたね」

決意。そう、バッシュは今日、シルヴィアーナと性交をしに来た。

姫という立場は英雄の妻として申し分なく、堂々と国に帰ることができる。

国にたどり着く頃には、シルヴィアーナは子を孕(はら)んでいるだろう。ビースト族だから、子供は五人か六人は産んでくれるはずだ。

その頃には、バッシュも恥ずかしくない性交ができるようになっているだろう。

「何を言っても、考えを変えてはくださいませんか？」

「ああ」

「……たとえ、デーモン王ゲディグズが復活する、と言っても？」

「関係ないな」

不思議な言い回しだが、今、この場でゲディグズが復活したとしても、バッシュの決意は変わらない。

打ち倒し、シルヴィアーナを手に入れてみせよう。

「わかりました……道は違えども、貴方が尊敬する戦士であることには変わりありません」

「俺もお前のことは尊敬に値する戦士だと思っている」

「貴方を倒してでも、私は私の道を行かせていただきます」

「……そうか」

バッシュとしては、わかりやすい流れだった。

オークは、手に入れたい異性がいるなら、戦って手に入れる。

キャロットがバッシュを手に入れたいと願い、戦いを挑んでくるのであれば、バッシュはその戦いに勝利し、退けてみせよう。

「元サキュバス女王国・第一大隊総指揮。『喘声』のキャロット」

「元オーク王国・ブーダーズ中隊所属戦士。『オーク英雄』のバッシュ」

バッシュは名乗る、堂々と。

そして叫ぶ。

「グラアアァァァァアアアアオオオゥ！」

戦端はバッシュのウォークライによって開かれた。

■

オークとサキュバスの、一騎打ちの戦い。

ナザールは、正直な所、バッシュに勝ち目はないと踏んでいた。

どれだけバッシュが強靭(きょうじん)で、全種族の中で最強と目されるほどの力を持っていたとしても、男は男……。しかもキャロットの『魅了』は、ナザールほど魔法耐性の高い男が、万全の対策を取っていたとしても、満足に動けなくなるほど強力だ。

一瞬でキャロットに魅了され、馬乗りになってエナジードレインをされ、干からびるだろうと予想した。

ナザールは、もしそうなったのなら、バッシュを助けるつもりでいた。

最後まで見届ける覚悟を決めたが、彼を死なせるわけにはいかないから。

だが、そうはならなかった。

(何が起こっているんだ……？)

バッシュは、動きを鈍らせることも、まして止めることもせず、戦闘を開始していた。

(まさか、『魅了』を完全に無効化しているのか……!?)

バッシュが何かをしたようには見えない。

特殊な装備を身に着けているようにも見えない。

だが、無効化しなければ、あれだけ俊敏に動くことなど不可能だろう。

(……とにかく、これなら勝てるかもしれない)

ナザールがごくりと唾を飲み込んだ時には、バッシュはキャロットに肉薄し、その拳を妖艶な顔面へと叩き込んでいた。

まともに当たれば大岩を粉々にするであろう、圧倒的な暴力を。

「フッ!」

キャロットはそれに横から拳を当て、受け流した。

そして受け流した力に逆らうことなく、鎌のようなボディブローを放つ。

キャロットの細く小さな、しかし固く握られた拳が、バッシュの脇腹に突き刺さった。

見る者が見れば、その鉤突きがいかに鋭いかわかっただろう。

サキュバス格闘術の鉤突きは、喰らえば皮膚と筋肉を貫通し、骨を砕き、内臓を突き破り、一撃にて絶命に至る。

まして彼女は『喘声』。サキュバス随一の使い手……となれば、生半可な者が喰らえば、上半身が消し飛びかねない。彼女の身体強化魔法には、それだけの威力がある。

「ゴアァアアアア!」

しかし、バッシュはそれを意に介さない。

いくら身体強化魔法によってブーストされた拳でも、バッシュに与えられるダメージはごく僅かだ。

「ハアアァァ！」

キャロットはそれをわかっているのかいないのか、的確にバッシュの体に拳を打ち込んでいく。

正拳、裏拳、回し蹴り、肘打ち、膝蹴り、水面蹴り、ソバット、踵落とし……。

流れるようなコンビネーションが、途切れることなくバッシュを襲う。

それだけならば、サキュバス格闘術、などと大層な名前を付けられることはなかっただろう。

キャロットは跳ぶ。二枚の翼をはためかせ、周囲に土埃を撒き散らしながら。

ダブルソバット、翼打ち、逆踵落とし……。

ヒューマンやビーストはもちろん、オークやオーガですら不可能な連撃は、本来なら狙いにくい部位をいとも簡単に強襲する。ヒューマンの武術家がそれを見れば、感嘆の声を上げつつ、そしてなぜ自分はサキュバスに生まれなかったのかと悔しく思っただろう。

「……ッ！」

そんな芸術的とも言える格闘術だったが、まともに入ったのは最初の鉤突きだけだった。

バッシュのガードは堅く、急所への一撃はことごとく防がれ、その度に反撃が飛んできた。

たかってくるハエを落とすかのような無造作な反撃は、見た目とは裏腹に正確かつ的確で、真正面から受ければ、受けた骨は砕け、余儀なく戦闘不能となるだろうことが予想できた。

受け流すしかないが、それすらも爆弾処理のごとき繊細さが必要だった。

バッシュは、攻撃面でも防御面でも、キャロットを圧倒していた。

キャロットはまたたく間に追い込まれていく。

「ぐっぅ！」

やがて、バッシュの拳がキャロットの防御を貫き、鳩尾（みぞおち）に深々と刺さり、キャロットは入り口付近まで飛ばされた。

「ゲボハァ……」

大量の血と吐瀉物（としゃ）がビチャビチャと撒き散らされる。

キャロットはガクガクと足を震わせ、片膝を突いた。

ガードはした。魔法による障壁も張った。

しかし、それでもなお、骨にがヒビが入り、胃から全てが逆流したのだ。

「……うふふ」

ナザールは思う。彼女が無様に血反吐（ちへど）を吐く所を見るのは、何年ぶりだろうか、と。

リーシャと戦った時以来、ナザールは見たことがなかった。

「本気で殴ってくださるのですね」

「当たり前だ」

バッシュの返答にキャロットは立ち上がる。

ナザールはそれを見て、羨ましく思った。彼女の心中は、清々（すがすが）しい気持ちでいっぱいだろう。なにせ、あの『オーク英雄（ヒーロー）』が、遊びや喧嘩（けんか）ではなく、本気で戦ってくれるのだから。戦士として、これほどの名誉はない。

「だってのに、本当に、残念……時間切れのようです」

キャロットがそう呟（つぶや）いた時、

「！」

いつの間にか。

そう、まさにいつの間にかと形容するのがふさわしい。いつの間にか、サキュバスの隣に一人の女が立っていた。

「……」

闇さえも呑(の)み尽くしそうな漆黒のローブに身を包み、山羊(やぎ)の頭蓋骨を頭に載せた、青白い肌の長身の女が。彼女は周囲を見渡し、バッシュが拳を握り、キャロットが血反吐を吐きながら膝を突いているのを見て、首をかしげた。

「あれ？　バッシュ様、敵に回っちゃったの？」

「ええ、説得できなかったわぁ」

「そっか。残念……あんたの色仕掛(いろじか)けが効かないなら絶望的……」

「失礼ね。私は誇り高きサキュバスのキャロット。尊敬する方に色目なんか使わないわぁ」

「そっか」

女の頭部には二本の角があり、目の下には真っ黒いクマがあった。

手には粘ついた錫杖(しゃくじょう)が握られ、錫杖の先端からは闇がヘドロのように滴(したた)り落ちていた。

その特徴的な姿を、この場で知らない者はいない。

ナザールはその名を口にする。

デーモン王ゲディグズの側近として、あらゆる敵を影に沈めてきた魔道士の名を。

「『影渦(シャドウヴォーテクス)』のポプラティカ……！」

それはデーモンの魔道士だった。

「で、採れた？」

彼女はナザールとバッシュを見もせず、キャロットにそう聞いた。

「ええ。邪魔が入ったけどぉ」

「……ていうか、『魅了』なしでバッシュ様と戦って、よく生きてたね」

「日頃の行いがよかったからかしらぁ？」

「笑える」

ポプラティカは、半笑いを浮かべつつ、視線を地面に落とした。

「それにしても、残念」

気づけば、地面の影が大きくなっていた。

まるで何かが地面の底から近づいてくるかのように、影が蠢きながら、二人を覆っていく。

「でも、まだチャンスはある」

「そうね」

そして、バクンと闇が二人を呑み込んだ。

「待てっ！」

ナザールが叫び、駆け出すが、時すでに遅し。

闇が消えた時、そこには何も存在していなかった。

あっという間に起こった出来事だった。

だが、本来なら予想はできていたはずだった。キャロットは時間がないと言いつつも、ここから動く気配はなく、出口に向かう素振りも見せなかった。

この王宮には、彼女の天敵であるサンダーソニアもいるというのに、だ。

最初から、ポプラティカの『影渡り』を使って逃げるつもりだったのだろう。

「なら、追いきれないか……」

ナザールは足を止めると、ポツリとそう呟いた。

『影渡り』はデーモン魔導の秘奥とも言える魔法だ。

影から影へ、一瞬で移動する。大人数を一気に運ぶことはできないし、出入り口を設置するための制限も多いようだが、少数の精鋭を局地へと送り込むことに関しては他の追随を許さない。

デーモンの魔術師の中でも一握りの者しか使えない、最高峰の魔法だ。

本来であればその移動距離は短いが、ポプラティカの『影渡り』はものが違う。

ビーストの砦の最奥に捕まっていたオーガ、『狂戦士ガードナー』を城壁の外まで逃がしたエピソードは、あまりに有名だ。

もはや、キャロットは手の届かぬ場所まで逃げたと考えてもおかしくあるまい。

ならば、騒ぎを聞きつけてここに来ているであろう人々に事情を説明した方がいいだろう。

場合によっては、バッシュがまたいらぬ疑いを受けてしまうだろうから。

ナザールはそう考え、肩の力を抜いた。

「バッシュ殿、まずは皆(みんな)にこのことを……」

ナザールは振り返り、そして、見た。

見つめ合う二人の男女の姿を。

13. プロポーズ

シルヴィアーナは緊張していた。

脅威であったキャロットは撤退したが、全てが露見してしまった。

安堵していいのか、それとも危機感を保つべきなのか……。

バッシュは真正面に立ち、じっとこちらを見つめている。

その内心はわからない。

軍師として、策士として、宮中に生きる人間として、人の顔色を見ることに長けているつもりだったが、オークの顔色を窺ったことはなかった。

「……」

頭の中は真っ白だ。

いつもなら次々と浮かんでくる言葉が、何一つ出てこない。

あまりに多くのことが起きすぎて、どうすればいいのかわからない。

少なくとも、自分の失態で、聖樹から『種』を盗まれたことは、女王や姉妹に伝えなければならない。

だがそれ以前に、まず目の前の脅威から逃れなければならない。

激高したオークに殴り掛かられて死ぬわけにはいかなかった。

「ああ！　バッシュ様、怖かった……！」

ゆえに、シルヴィアーナは嘘をつき続けた。

囚われのお姫様のような仕草で、バッシュの胸へと飛び込んだ。

キャロットに踏みつけられていた時より、ずっとうまくできた。先程この演技ができれば、もう少し違っただろうか、と思いつつ。

無駄だとわかっていた。

これで落ちるのであれば、とっくに自分はこのオークに襲われ、ビーストとオーク間で戦争が起こっていたはずだから。

「シルヴィアーナ」

バッシュは片膝をついて、シルヴィアーナと視線を合わせてくる。

その手には、一輪の花が握られている。

それは、白色の花。現在ビースト族で流行している、結婚を申し込む時に渡す、婚約の花。

「どうか俺と結婚し、妻として子を産んではくれないか」

あまりに真摯な言葉だった。

あまりにまっすぐな言葉だった。もし相手がオークでなければ、シルヴィアーナであっても、思わず頷(うなず)いてしまうほどの。

「あ……う……」

いや、頷くべきなのだ。

シルヴィアーナはそれを目論(もくろ)み、この場所にバッシュを呼び出した。

頷き、この場でバッシュに自分を襲わせ、無理やりレイプされたと騒ぐ。それが計画だ。

だが、頷くことはできない。

なぜならすぐそこにもう一人いるから。

ナザールが。ヒューマンの王子が。

「ふむ……なるほど。ふふ、そういうことなら、僕が証人となろう」

ナザールは含み笑いをしつつ、そう言った。

彼が証人となったなら、シルヴィアーナは嘘をつき通せなくなるだろう。

彼はヒューマンの王子にして英雄である。ヒューマンの中でも、特に強い発言力を持っている。彼がこの場にいる以上、シルヴィアーナがどれだけ騒ごうとも、嘘だと断じられるだろう。

あるいは、バッシュとナザール、二人がかりで襲われたと言い張ることもできるが……。

もしそれをした場合、最悪、ビーストとヒューマン間での戦争も起こりうる。

ビーストの姫と婚姻を結んだエルフは味方になってくれるだろうが、ヒューマンと積極的に戦いたくはあるまい。

対して、英雄を嘘つき呼ばわりされたヒューマンとオークは激怒し、高い士気を持ってビーストを押しつぶすだろう。

ビーストは、滅ぶ。あるいは滅亡寸前まで行き、衰退する。

もしかすると、オークの属国にまで成り下がるかもしれない。

それは、避けなければならなかった。

「わ、私は……もちろん……」

「きっと、バッシュ殿はどう答えても怒らないだろう。だが、あまりふざけたことを言うようなら、僕は許さない。勇者レトの戦友として、その勇者レトを倒し、あまつさえ僕らの命を救ってくれた誇り高き戦士をコケにすることは、絶対に許さない」

「……コケになど、そんな」

シルヴィアーナは歯噛(はが)みする。

「シルヴィアーナ姫、君は常々、レトの誇りを汚(けが)したオークを許さないと言っていたそうだけど、この方が彼の名誉を汚したと、そう思うのかい？」

「……」

「君だって、今のやりとりを見ていただろう？　本当に、そう思うのかい？」

わかっている。本当は、わかっているのだ。

バッシュは先日語ってくれた。

彼は好きで勇者レトを野ざらしにしたわけではない。本当に、心の底から、戦ったことを、そしてそれに勝利したことを誇りに思ってくれている。語るべき武勇譚として、勇者レトとの戦いを誇ってくれているのだ。死体を野ざらしにしてしまったことを、後悔すらしているのだ。

そして、その理由も、シルヴィアーナは納得できた。

もしシルヴィアーナが七種族連合の軍師としてその場にいて、指示を求められたなら、迷わずバッシュと同じ行動を命じるだろう。

それだけではない。

ビーストの国に来てからのバッシュの行動も、立派だった。

オークなんかに、と目を瞑り、耳を塞いできたが、冷静に考えれば、バッシュの行動は称賛に値するものだった。

服装を調え、本を読み、自制し、シルヴィアーナを楽しませようと、努力してくれた。

これがヒューマンやエルフであれば、さして評価に値するとは思わないが、彼はオークだ。オークがそんなことをするとは、シルヴィアーナも思っていなかった。

実際、他のオークは、バッシュのような行動は取れないだろう。

キャロットが言った通り、勉強したのだ。そこまでしなければ、オークは受け入れてもらえないと、そう思ったのだろう。

実際は、そこまでしても、自分を含めたビーストの姫たちは、彼を受け入れなかったわけではあるが。

今思えば、狭量（きょうりょう）なことだが、誰もオークがそこまでやるとは思っていなかったのだ。

だから、そこまで考えが及ばなかったのだ。

パーティを追い出された挙げ句、姫君におちょくられる毎日。

屈辱的だっただろう。

そんな屈辱の中で、ゲディグズ復活の話を聞き、キャロットに勧誘され、心が揺らいだはずだ。

シルヴィアーナはもちろん、ナザールだって、この状況下でその話を聞けば、向こうに付くと思ったはずだ。

でも、バッシュは蹴った。自分は自分のやり方で現状を変えてみせると言わんばかりに。

本当に、本当に立派な人なのだ。

七種族連合のありとあらゆる重鎮たちが、一目置く戦士なのだ。

(なら私は、私のやっていることは……むしろ、ビーストの、レト叔父様の名誉を……)

そこまで考え、シルヴィアーナは己の体から力が抜けていくのを感じた。

「……バッシュ様」

「うむ？」

バッシュは、嬉しそうな顔をしているように見えた。

ようやく自分に屈辱を与えた相手へ仕返しができるとでも、思っているのだろうか。

いや、そこまで冷酷な人物ではない。ちょっとした意地悪をしているだけのつもりなのだろう。

シルヴィアーナには、その表情を深く読み取ることなどできやしないが、そう見えた。

「申し訳ありません。私は、貴方を騙しておりました」

「……なに？」

「真実は、先程キャロットの言った通りでございます……貴方を陥れ、弄び、あわよくばオークを滅ぼそうとすら考えておりました」

「……む」

「理由は復讐……叔父である勇者レトの名誉が汚されたと、そう思い込んでいたため……しかし、勘違いでした。貴方様は勇者レトとの戦いを誇り、名誉に思ってくださっていた。私はそれを聞きつつも、己の感情に従い、キャロットの甘言に乗り、取り返しのつかない過ちを犯すところでした」

シルヴィアーナは膝を突く。

両の手を組み、大地につけて、バッシュよりも己が小さくなるよう、縮こまる。

負けを認めた獣のように。

以前、何があっても、オークに対してだけは言うまいと思っていた言葉が、

「お許しください」

すんなりと口から出てきた。

「……」

バッシュは、お供のフェアリーと顔を見合わせていた。

きっと彼も、シルヴィアーナがここまであっさり謝罪するとは思っていなかったのだろう。

妖精が小声でバッシュの耳に何かを囁く。

バッシュは小さく頷き、シルヴィアーナに尋ねた。

「うむ……それで、妻にはなってくれるのか？」

意地の悪い妖精の提案だろう。

まだシルヴィアーナを辱めるつもりらしい。さもあらん、バッシュ自身はよしとしていても、彼の隣でその状況を見てきた者からすれば、腸が煮えくり返っているだろうから。

「嘘つきは、英雄の妻にふさわしくありません。過分な申し出、謹んで辞退させていただきます」

「……そうか……わかった」

バッシュは、ゆっくりと立ち上がり、天を仰いだ。

その仕草は、まるでシルヴィアーナを妻にできなかったことを、心底残念に思っているように見えた。

そんなはずはない。

そう思いつつ、シルヴィアーナはバッシュを見上げるべく顔を上げ……気づいた。

「……？」

空から、パラパラと枯れ葉が舞い落ちてきていた。

まるで秋を迎えたかのように。一年中、瑞々しい葉が生い茂る、この赤の森が。

「えっ……！」

シルヴィアーナは思わず立ち上がり、背後を振り返った。

釣られるように、ナザールもまた、彼女の視線の先を追った。

「……馬鹿な！」

三人の見上げる先、そこには聖樹があった。

赤い葉が瑞々しく茂る、巨大な樹木があった。

そのはずだった。

生い茂っている葉は、パリパリに乾き、落ち始めていた。

枝は細り、パキパキと音を立てて折れ始めていた。

生命にあふれていた幹は、根腐れでもしたように、皮が剝げ、縦にひび割れていた。

「そ、そんな……」

歴史上、ずっとビーストに勇気を与えていた存在が、ビーストの象徴が。

聖樹が枯れていた。

14. エピローグ

聖樹が枯れてから、丸二日が経過した。

唐突に聖樹が枯れたことで、結婚式会場は騒然となった。

結婚式は中断、聖樹の状況を確認しに来て、お前がやったのだろうとバッシュに詰め寄った兵たちに、ヒューマンの王子ナザールより、事態の説明がなされた。

ゲディグズ復活を目論む者がいること、その者たちの手によって聖樹から種が奪われ、その結果、聖樹が枯れたこと……そして、下手人の手によって殺されかけたナザールとシルヴィアーナの命を『オーク英雄』バッシュが救ったこと。

キャロットやポプラティカといった固有名詞を伏せていたため、不信感を抱かれたが、さらにシルヴィアーナが、自分の失態によりこの事態を招いたと悔しそうに懺悔したことで、兵たちは納得し、上層部へ報告に行った。

二人は説明のためそれに同行し、バッシュはひとまず放免となった。

報告を受けたビースト上層部は、事態を重く受け止めた。

デーモン王ゲディグズの復活。

あの忌まわしき戦争の再来。

それは、今の平和を謳歌する者たちにとって、必ずや阻止しなければならないことであった。すぐにでも各国との情報共有がなされ、討伐隊が組織され、ゲディグズ復活を阻止すべく行動が開始されるだろう。

もっとも、デーモン王復活を目論む輩がいることについては、箝口令がしかれることとなった。

ヒューマン、エルフ、ドワーフ、ビーストの四種族同盟はまだしも、七種族連合にまで話が飛べば、大規模な蜂起が発生する可能性もあった。

国そのものが、和平条約を破る可能性もあった。

誰もがバッシュのような、立派な人間ではないのだから。

◆

ビースト国が騒然とし始めた頃、バッシュは宿に戻り、旅支度を調えていた。

今回、全てがうまくいっているはずだった。

全て雑誌の通りにやった。感触もよかった。なんなら、目的とは別の女も釣れた。何も間違ってはいないはずだった。

ただ一点、雑誌の最後のページに書かれていたことが現実になっただけなのだ。
雑誌の最後のページ。

そこには、こう書かれていた。

『もし、相手の女がお金目当てだったり、あなたを弄ぶのが目当てだったりしたら↓結婚は無理。あなたは騙されていた！』

シルヴィアーナ本人から、弄ぶのが目的だったと、騙していたのだと明言された以上、もう仕方ないと言えよう。

正直、全身から力が抜ける思いだった。

が、雑誌に書いてあることが間違いだったわけではない。

それが証拠に、キャロットは一晩でバッシュに恋をした。シルヴィアーナはハズレだったが、次の女は、確実に結婚まで持っていけるだろうという予感があった。

そうして数日、バッシュはキャロットと出会ったバーへと通い詰めた。

だが、聖樹が枯れ、結婚式も中止になったことで、町から浮かれた空気は完全に消え失(う)せ、店内には女はおろか、男すらほとんど見かけなくなっていたのだ。日中も町は殺気立っており、男も女も戦争中のようにバッシュに対して鋭い視線を向けてくるようになった。

次に女を見つければ確実、とは思うが、雑誌にも『皆(みんな)が浮かれている今がチャンス』と書かれている。

つまり、浮かれていない今はチャンスではないのだ。

さすがのバッシュも、この町での嫁探しは困難であると結論付け、旅支度を始めたというわけだ。

「とはいえ、どこに行ったものか」

しかし、次に向かう地が決まっているわけではなかった。

「難しいっすね。ここからだったら、ヒューマンの飛び地の方に行ってみてもいいかもしれないっすけど」

「やや遠いな……」

ドワーフはもういい。エルフはサンダーソニアの件があり不可能。

となれば、次はヒューマンしか残っていない。

だが、ヒューマンの領地は遥(はる)か遠方だ。ここからでは、あまりにも遠い。

「おや、出立するのかい？」

と、悩む二人に声を掛ける者がいた。

「ナザールか」

宿の入り口、そこには、一人の男が立っていた。仮面を付けて、楽器を奏(かな)でるその男。

奏でる楽器からは、今日もボロンと不快な音が鳴る。

「悪いけど、この仮面を付けている時はエロールと呼んでほしい。一応、これでも正体を隠しているつもりなんだ」

「そうか。ならばエロール、世話になった」

エロールの助力は、確かにバッシュに手応えをもたらしてくれた。

それでも結果が出なかったのは、今回に限っては運が悪かったとしか言いようがない。

戦場では、全てを完璧にやっても、それでも負けることがある。

それと一緒だ。

「君は、次はどこに行くつもりなんだい？」

「……まだ決まっていない」

「居ても立っても居られない、ということかい？」

「ああ、時間もあまりないだろうからな」

バッシュがオーク国を出発してから、もう結構な日数が経った。

まだ余裕はあるだろうが、遊んでいる暇はない。タイムリミットは刻一刻と迫ってきているのだ。

「そうか……行く所が決まっていないなら、僕が君の行き先を指し示してもいいかい？」

「聞こう。お前の言葉なら信用できる」

「君にそう言ってもらえるのは光栄だね……ひとまず、君にはデーモンの国に行ってほしいと思っている」

「デーモン……だと？」

その言葉で、思い返すのはつい先日、チラッとだけ見たデーモンの魔道士。

『影渦(シャドウヴォーテクス)』のポプラティカ。多少陰気な印象を受けたが、美しい女性だった。

思えば、バッシュが今まで見てきたデーモン女は、美女が多かった気がする。

「……デーモンがオークを相手にしてくれるとでも？」

デーモン女がオークの繁殖相手の候補として挙がらないのは、オークが彼女らに相手にされていないからだ。

戦争中、デーモンは完全に上位の存在だった。

デーモン女はオークなど相手にしないし、オークもまたデーモン女は手に入らないものだと諦めていた。

懸想(けそう)するなど、相手に失礼な行為とすら言われていた。

「ああ、君なら大丈夫だ」

「……そうか？」

「ああ。むしろ、君にしかできないかもしれない。もう戦争は終わったのだと、説得力を持って伝えられるのは、君だけだ」

「なるほど……」

戦争は終わった。

オークもデーモンも共に戦争に負け、すでに上下関係は解消されている。

力で奪う必要はなく、愛と恋で相手を落とす時代であるなら……オークであるバッシュとて、デーモン女を手に入れることは可能であるはずだ。無論、そうであっても、オークを完全に見下しているデーモン女を手に入れるのは、相当困難だろうが。

「『オーク英雄（ヒーロー）』たる君なら、高位のデーモンでも話を聞いてくれるはずさ」

そして、その可能性は高いと、ナザールは太鼓判を捺（お）してくれた。

「……わかった。お前がそう言うのなら、挑戦してみよう」

バッシュは力強く頷（うなず）いた。

愛と平和の使者エロールの言葉は、彼にとって神の啓示にも近いものであったから。

「君ならそう言ってくれると思っていたよ」

ナザールはそう言うと、懐（ふところ）から一通の手紙を取り出した。

「デーモン国に着いたら、これを『暗黒将軍』のシーケンスに渡してほしい」

「『暗黒将軍』に……こんなものまで用意してくれるのか⁉」

バッシュは力強く頷いた。

『暗黒将軍』シーケンス。

デーモン王ゲディグズの側近にして、長らくデーモン軍の総指揮をしていた傑物だ。

今は王のいないデーモン国をまとめている。

そんなシーケンスには三人の娘がいる。どれも美しい娘で、その娘の一人が『影渦（シャドウヴォーテクス）』のポプラティカだ。

ポプラティカの父への手紙。

その真意、鈍いバッシュとて見抜けないわけがない。

手紙の中身は、まさにポプラティカとの導線、仲介の文章だろう。

「もちろんさ。君を侮（あなど）っているわけではないけど、ヒューマンはオークより交渉事が得意だと自負しているからね」

「感謝する」

「こちらこそ」

そうとわかれば、バッシュの決断は早かった。

「では、行く」

「ああ、気をつけて」

バッシュは立ち上がり、宿から出ていく。

その背後をふよふよと妖精が続いた。その背中を見送りつつ、ナザールは声を掛ける。

「バッシュ殿」

「うん？」

「ありがとう」

改めてのお礼の言葉に首をかしげつつ、バッシュは頷く。

それを見て、ナザールは仮面の下で、誇らしい笑みを浮かべるのだった。

■

バッシュが旅立つ頃、シルヴィアーナは牢（ろう）の中にいた。

ナザールの証言により、彼女は敵方に操られていただけであるとわかっていたが、彼女自身が、自分には罰が必要であると、自ら女王に願い出たのだ。

牢に入る程度で、自分のやらかしたことの贖罪（しょくざい）になるとは思っていない。

すぐにでも討伐隊に参加し、自分の尻ぬぐいをするのが、本当の責任の取り方だと考えていた。

だがそれでも、自分にはけじめとして罰を受け、反省をする時間が必要だった。

「……」

暗くじめじめとした牢の中で、シルヴィアーナは脚を組み、瞑想していた。

その内心にあるのは後悔も多いが、今後に関することが多い。

敵方が今後どう動くのか、聖樹の種とはなんなのか、どう使うのか、その使い方次第では、対策がとれるかもしれない、なら今後の自分たちの動きは、と考えることは多かった。

そんな彼女の下に、一人の女性が訪れた。

「シルヴィアーナ」

女性の声に、シルヴィアーナはハッと顔を上げる。

そして、その顔を見て、目を見開いた。

姉妹の中でも、特に獣としての特徴が出た顔、犬そのものの頭部だが、全体から優しそうな雰囲気が漂っている。

「っ！　お姉様！」

第三王女イヌエラだった。

今回の騒動で中止となった、結婚式の主役である。

シルヴィアーナは、組んでいた脚を解き、犬のようにひれ伏した。

「この度は、私の浅はかな行動で、祝いの席を台無しにしてしまい、申し訳ありませんでした」

「そうね。ちょっと残念だったわね」

その言葉に、シルヴィアーナの額を冷や汗が伝う。

彼女は、ずっと結婚式を楽しみにしていた。それがあんな結末に終わっては、謝っても謝り切れるものではない。

「でもいいのよ。結婚式なんて、所詮は対外的なものなんだから」

「しかし」

「いいの。私は好きな人と一緒になれて、幸せなんだから」

イヌエラはそう言って、朗らかに笑った。

「そんなことより、ちょっと見ないうちに、穏やかな顔になったわね」

「そう、でしょうか」

「ええ、前のあなたは、私たちと話をしていても、どこか張りつめているように感じたわ」

シルヴィアーナは己の顔を触った。

自分ではよくわからないが、心当たりはあった。

「……私は、ずっと、レト叔父様の仇を討つんだと、そう思っていました。踏みにじられたビーストの誇りを取り戻すんだと、オークに報いを受けさせるのだと……」

「あなたは、誰よりもレト叔父様が好きだったものね」

「しかし、『オーク英雄』バッシュ様に実際に会って、話をして、自分が思い違いをしていたのだと知りました。バッシュ様は好きでレト叔父様を放置したわけでも、その勝利を誇りたくなかったわけでもなかったのだと」

「……戦争だったものね」

「はい。そして戦争は、終わりました。バッシュ様は誰よりもそれを理解しており、愚かな私はわかっていなかった……それを、教えていただきました」

教えてもらった。

シルヴィアーナは自分が口にした表現に、妙に納得していた。

そう、彼はシルヴィアーナを根気よく見守ってくれていた気がする。

普通なら、シルヴィアーナが近寄ってきた時点で、己の弁明をしてもおかしくはない。

だが彼はそうせず、さりとてさりげなく、レトとの戦いが誇らしいものだったと語ってくれた。

聞く耳を持たない子供に、わかりやすく説明するように。

かつて、後先を考えない子供だったシルヴィアーナに、根気よくいろんなことを教えてくれた、レトのように。

「バッシュ様、結婚式会場で、チラッとだけ見たけど、レト叔父様に雰囲気が似ていたわね」

「はい」

「ふふ、あなたがそこまではっきり頷くなんて……次はオークとビーストの友好を願う結婚式かしらね」

「か、からかわないでください」

思い出すのは、バッシュのプロポーズだ。

自分を諫（いさ）めるために言われたものであるが、思い出すと、なんとも情熱的なプロポーズだった。思わず、頬が熱を持ってしまう。

「『オーク英雄（ヒーロー）』バッシュ様は、偉大な方です。その妻に私のような浅はかな小娘は、釣り合いません」

「そう？」

「はい。そうです」

シルヴィアーナは、話はそれだけかと言わんばかりに、顔をそむけた。

罰を受けている最中だというのに赤くなっているのを見られるのは、気まずかった。

「とにかく、元気そうでよかったわ。ちょっと心配していたから」

「ご心配をかけて、申し訳ありませんでした」

シルヴィアーナは謝りつつ、でも、と考えていた。

でも、自分がもう少し浅はかじゃなくなったら、もう少し釣り合えるようになったら、
その時は……と。

閑話　エルフの大魔導も出立す

バッシュが出立して数日後、サンダーソニアは雑事に追われていた。

ビースト国が騒然とし、結婚式が中止になったことで、エルフ側にも波紋が広がったのだが、その処理についつい首を突っ込んでしまったからだ。

あくまで自分はサンダーソニアではなく、仮面の聖女オーランチアカだと主張したが、そのせいで体よく使われてしまった感もある。

だが、サンダーソニアだろうがオーランチアカだろうが、デーモン王ゲディグズを復活させる勢力があると知っては、そうそう遊んでいられない。

サンダーソニアは長年の経験から、自分にしかできないことがあることを重々承知していた。

雑事にかまけるのはほどほどにして、それをやりに行かなければならない。

とはいえそれが何かは、現状ではわかっていない。

ゆえに、その日も無駄な雑事で一日を潰してしまっていた。

「はー、やれやれ……ったく、こんな所で会議しててもしょうがないだろうに……」

深夜、サンダーソニアは自室にてため息をついていた。

毎晩毎晩、これからどうするかという会議への出席を求められ、辟易していた。

その会議が建設的なものであればいいが、どうしようどうしよう、責任の所在はどこだと、騒ぐばかりで、進展はない。

当然だろう。現状では、あまりにも情報が少ないのだから。

とはいえ、情報収集というものは、人手と時間がかかるものだ。

サンダーソニアが一人で慌てて動いた所で、大した情報が得られないのは明白だ。

それに、サンダーソニアが得意なのは、どちらかというと情報を得た後の行動だ。

敵の位置や目的を摑んだ後、それを潰す。

エルフの大魔導の汎用性と対処力は、他の英雄とは一線を画する。

ゆえに、サンダーソニアとしては、情報が集まってから動きたい所だが……。

この慌ただしい状況で本当に必要な情報が得られるという確証もない。ともすれば、四種族同盟間で足の引っ張り合いが始まる可能性もある。

目の前で聖樹を枯らされたビーストはともかく、他種族からすれば、ゲディグズが復活するなど、たちの悪いデマにしか聞こえないだろう。エルフは樹に詳しいし、お前たちが何かやったんじゃないか、なんてヒューマンの高官あたりが言い出せば、頭の悪いドワーてきているのも確かだ。

戦争終結から三年。戦争中の憎悪や憤りが未だ残る一方で、平和ボケした連中が増えてきているのも確かだ。


「……」


隣に控えるブーゲンビリアが、サンダーソニアへと無言で水を差し出した。

サンダーソニアはそれをガブガブと飲むと、腕を組んで窓の外を見る。

窓から見えるビースト国の光景は、数日前となんら変わりがない。

だがその空気は、どこか陰鬱としたものが漂っているように感じた。

心の寄る辺たる聖樹が枯れたのだから、当然だろう。

それを感じながら、サンダーソニアは考える。


「……私は、何をすればいい？」


少なくとも、中止となった結婚式の後処理ではないのは確かだ。

すぐさまエルフ本国か、あるいはシワナシの森に戻り、陣頭指揮を執ってもいい。

順当に考えるなら、そうすべきだろう。

エルフはサンダーソニアの一言があれば大部分が動く。諜報部に情報を集めさせ、その結果を見て自分が動くというのが、戦争中のやり方だ。

だが、自分は珍しく国から離れている。しがらみのない状態で自由に動ける立場なのだ。これを利用しないのはもったいない。

ていうか、国に戻ったら、婿探しができなくなってしまう。

そう、サンダーソニアはまだ諦めていなかった。この婚活の旅を。

優先順位は決して高くないが、確かに諦めたくないと思っていた。

戦争が再開されるか、あるいは阻止できるか、どちらにせよ、その前に一人ぐらい唾を付けておきたい気持ちに、嘘はつけなかった。

サンダーソニアは悩んだ。

「ブーゲンビリア……お前はどう思う？」

「お好きになさればいいかと」

悩めるサンダーソニアに対し、元暗殺部隊員は塩対応だ。あまりにもしょっぱい。

「サンダーソニア様がエルフにとって不利益な行動をするはずがありません。元老院の方々もご納得いただけるはずです」

「馬鹿、買いかぶりすぎだ。私だって自分のことばっかり考えてる……それに、元老院の連中は年食ってガンコになったからな、納得なんかしないぞ。渋々だ、渋々！」

ぶっちゃけ元老院はサンダーソニアがエルフのために動くなら、何も言わないだろう。

サンダーソニアがエルフのために動くなら、だ。

サンダーソニアが婚活を諦めていないという事実が表に出れば、さすがの元老院も怒るだろう。元老院に限らず、トリカブトあたりにも怒られるだろう。いい年して何やってるんだ、と。全員そう言うはずだ。

「ふふ、ご自分のことと仰(おっしゃ)りながら、サンダーソニア様はいつだってエルフのために動きになるではありませんか」

あるいはブーゲンビリアとて怒るかもしれない。いや、かもしれないではない、怒るはずだ。自分にあんなことを言っておいて、自分は男の尻を追いかけるのか、と。

だから悩んでいる内容については口にできなかった。

自分で決めねばならなかった。

「仮にご自分のことであっても、エルフは、サンダーソニア様から親離れすべきなのです。皆、そう思っています。なのでサンダーソニア様は、どうぞご自由に放蕩(ほうとう)の限りを尽くしてくださいませ」

「……放蕩ってなんだよ。いいのか？　そんなこと言って、私が男漁(あさ)りとか始めたらどうする気だ？　毎晩毎晩とっかえひっかえしてな、それで親もわからん子をだな」

「ははははは。それができるなら、サンダーソニア様にも孫の一人や二人はいるでしょう？」

「……」

確かにな、とサンダーソニアは思ってしまった。

「大丈夫です。皆、わかっておりますから。サンダーソニア様は口で何と言おうと、決してエルフを見捨てにはならないと……」

「いや、そりゃ見捨てはしないけどな。男漁りにふけった結果、祖国が滅んだんじゃ笑い話にもならんし」

いまいち会話が噛み合わないことに辟易しつつ、サンダーソニアがふと窓の外を見る。

すると、そこに一人の怪しい風体の男が見えた。

彼は敷地内からこそこそと出ていく所だった。

「……あいつ」

その風体に見覚えのあったサンダーソニアは、椅子から腰を上げた。

「おい、どこに行くつもりだ？」

サンダーソニアの声に、暗闇へと消えていこうとしていた男は足を止めた。

「これはこれは、仮面の聖女オーランチアカ様、こんな夜更けに妙齢の女性がうろついては、暗殺者か何かと疑われてしまいますよ？」

「疑えばいいさ。後ろ暗い所は何もないんだからな。お前こそ、こんな夜更けに夜逃げみたいな真似して、何か悪いことでもやったか？　ん？　戦友のよしみで誰にも言わないから言ってみるといい。ナザール殿」

ブーゲンビリアは傍で聞いていて「完全に親戚のおばちゃんみたいなノリだ」と思った。

だが、口には出さなかった。

誰に対してもこうだからである。

彼女はエルフの若者が家出をする時にひょっこりと現れ、遊びに連れていってくれたり、食事を奢ってくれたりするのだ。そして、エルフの若者が家出する原因となった人物を、優しく諭すのだ。ブーゲンビリアにその経験はなかったが、部隊の誰かが幼い時にそんなことがあったと言っていた。いや、諭された側だったか？

「やめてください。本当に悪いことをしたみたいだ」

「で、なんなんだ？　本当に言いにくいことなら聞かないでやってもいいが……」

「先日、キャロット殿からサキュバス国の現状について聞きましてね。各国に冷遇され、子供すら餓えていると……この数日で少しだけ探りを入れてみたのですが、どうやら本当のようでして……」

「……おい、もしかして、お前サキュバスの国に行くつもりか？」

「はい。ナザールの名を使えば、何かできることもあるはずですから」

「本気か？　お前、餓えたサキュバスの所に男が行くとか、死にに行くようなもんだぞ？

大体、お前サキュバスを舐めてないか？　お前はまだ若いからよく知らないだろうが、あいつらにとって男ってのは食い物なんだ。お前は話ができると思っているかもしれないが、腹ペコな時にこんがり焼いた肉がやってきたら、会話をしようと思うか？　まず舐められるのはお前の肌だぞ。味見とか言って――」

「……結局」

ナザールは大きくため息をついた。

「サンダーソニア様も、同じということですか。我が国でキャロット殿を蔑ろにした者と」

「な、なにをぉ？」

密かに狙っていたイケメンの落胆に、サンダーソニアは思わずたじろいだ。

「サキュバスとて歩み寄ろうとしていたのです。それをこうして頭ごなしに突っぱねるのですから、同じでなくてなんなのですか？」

「いや、でもな」

「あなたもバッシュ殿を見て、知ったはずでは？　女を繁殖の苗床としか見ていないようなオークにも話のわかる者はいる、それどころか尊敬すらできる人物がいる、と」

「いや、私はサキュバスを貶めたいわけじゃなくて、単にお前の心配をしてるだけなんだがな……」

しかし、そう言われてはサンダーソニアとて口をつぐまざるを得ない。

サンダーソニアは、確かにオークに偏見を持っていた。

しかしバッシュと出会い、その偏見が和らいだのは確かだ。

オークの大半はあのように高潔ではないだろうが、しかしそれでも、オークも高潔な精神を持つことができるのだ、と。

全てのオークがあれだけ高潔なら、オークから婿を取るのも悪くないぐらいだ。

狙い目はやはりバッシュだが、一度プロポーズを断った手前、アタックを掛けるわけにはいかない。もちろん、向こうからもう一度来るというのなら、やぶさかではないが。

と、そこまで考えて、サンダーソニアはいやいやと首を振る。今はそれはいい。

「大体、キャロットの言葉が嘘じゃないって確証はどこにあるんだ？　あいつは口からでまかせを言ってて、裏でこっそり男を密輸入とかしているかもしれないじゃないか」

「それが嘘じゃないことぐらい、あなたにもわかるでしょう？」

「……まぁな」

四種族同盟は、サキュバスやデーモンに対して執拗なまでに警戒している。

もし裏でそんな動きがあれば、すぐに判明するだろう。

そして、それを理由に、さらに弾圧を強めるだろう。そういう勢力がいるのだから。

「う〜……」

サンダーソニアは悩み、唸りだす。

「話は終わりですか？　なら、私は行かせていただきます」

唸り続けるサンダーソニアを後目に、ナザールは歩き出す。

サンダーソニアは渋面を作りそれを見送ろうとし……スゥと表情を和らげ、ポンと手を叩いた。

「うん、そういうことなら私もお前についていくか！」

ナザールが慌てて振り返る。

「え？　しかし、あなたは……」

「私が護衛についていれば、いかにサキュバスといえど、そうそう手出しはできん。向こうも恨みは持っているだろうが、そこはうまいことやるさ。うん、安心しろ、このエルフの大魔導サンダーソニア、戦友をむざむざ死に追いやったりはしない」

「サンダーソニア様……」

「ゲディグズが復活するかもしれないってんなら、サキュバスに探りを入れるという意味でも、誰かが行っとかなきゃいけないしな」

サンダーソニアはそこまで言って、ナザールが自分をまじまじと見つめていることに気づいた。

ゆえに帽子の鍔をつまみ、カッコつけてこう言うのだ。

「ま、なんだ。惚れるなよ？」

惚れてくれという意味である。

ある女性に操を立てていると聞いてはいるものの、しかしワンチャンあるかもしれない、あわよくば、ナザールの友人などを紹介してもらえるかも……なんてことを考える、悲しき女の足掻きであった。

「ふふ、もちろんですよ」

もちろん、そんな意味が通じるわけはなく、ナザールは薄く微笑むだけだ。

サンダーソニアは好感触と見て、さらに畳みかけようとするが、ふと自分の脇で困った顔をしている女に気づいた。

「なんて顔してるんだブーゲンビリア、お前も来るんだぞ」

「……私も、ですか？」

「あんなことをやらかしたんだ。本国に戻ったらひどい罰を受けるだろ？　ほとぼりが冷めるまでは私の護衛をしていろ。なに、この旅が終わる頃には、お前の禊（みそぎ）も終わってるさ」

「っ！　わかりました」

「よっし、お前がいれば百人力だ、頼りにしてるからな！」

ブーゲンビリアは思った。

（この方は、エルフのみならず、自然とどんな相手でも救おうとしてしまうのだな）

こうして、サンダーソニアも再び旅路へと戻っていく。

絶対振り向いてくれない相手と共に、自分に多大な恨みを持つ、男のいない種族の巣窟（そうくつ）へと。

サンダーソニアの婚活の道は、果てしなく遠く険しいのであった。

あとがき

皆様ご無沙汰しております。理不尽な孫の手です。

まずはこの場を借りて、『オーク英雄物語』第四巻を手に取っていただいた皆様への謝辞を述べさせていただきます。

皆様、本当にありがとうございました。

今回はあとがきということで、四巻で苦労したことについてでも書こうかなと思いましたが、ページ数が少ないので近況だけ語ろうと思います。

まず私ですが、実は最近、ウィルスに感染してゾンビになったんです！

ゾンビというものは、なる前は恐怖の対象でした。自分はああはなりたくない、絶対に逃げ切ってやると誓っていました。しかしながら、なってしまうと案外ゾンビもよいものだと気づかされました。

肩こりと無縁の体。ストレスからは程遠い単純な思考しかできない脳みそ。

耐え難い食欲というデメリットはありますが、どのみち何か食べなければ死ぬのは人間だった時と同じですから、気にするほどではありません。

　つまり今の私は食事を求めて放浪(ほうろう)をしつつ、単純な思考力を駆使(くし)して小説を書いているというわけです。

　なにせ脳みその性能が悪いわけですから、一行書くのに何日も掛かってしまいますが、無限ともいえる寿命(じゅみょう)を持て余しているのだから、何一つ問題はありません。きままな老後といっても過言ではないでしょう。

　ちなみにキャンプ場にいるのは、こういう場所に人間が集まりやすいと知っているからです。

　キャンプ場は人里から離れている割に、最低限の生活が送れる物資や建物があったりしますからね。人間が数人、隠れ住むにはうってつけというわけです。

　私もインドア派なので、嗅覚や山勘に頼って食料を探し回るのはやめ、潜んで人間が来るのを待っているわけです。こうして火を焚(た)き、星空を眺め、小説を書きながらね。

　人間だった時の用語を使うのであれば、擬態(ぎたい)型と蟻地獄(ありじごく)型のハイブリッドといった所でしょうか。

　案外、人間はこういうのに騙(だま)されるんですよ。このキャンプ場は近日中にキャンプをした形跡がある、人がいた。だからゾンビはいない、ってね。

元々インドア派だった私がキャンプなんて皮肉な話ですね。やっている戦法は陰キャもかくやのガン籠りですが……。

それにしても、ああ、パチパチとはぜる焚火、静寂に包まれた夜の山、澄んだ空気、身も心も洗われるようです。なぜゾンビになる前にこうしたアウトドアの遊びをしなかったのか、不思議でなりません。

なんて書いていると、おや、ようやく人間が来たようです。

晩御飯の時間ですね。では行ってきます。

と、長くなりましたが……今回も素敵なイラストを描いてくださった朝凪さん、『無職転生』の仕事のせいで注力できず、多大なご迷惑をお掛けしております編集Kさん、その他、この本に関わってくださった全ての方々。また、なろうの方で更新を待っていてくださる読者様方。

今回も本当にありがとうございました。また五巻でお会いしましょう。

理不尽な孫の手

富士見ファンタジア文庫

オーク英雄物語（えいゆうものがたり）4

忖度列伝（そんたくれつでん）

令和４年11月20日　初版発行

著者――理不尽な孫の手（りふじんなまごのて）

発行者――山下直久

発　行――株式会社KADOKAWA
〒102-8177
東京都千代田区富士見2-13-3
0570-002-301（ナビダイヤル）

印刷所――株式会社暁印刷

製本所――本間製本株式会社

ISBN978-4-04-074605-0 C0193　◇◇◇

切り拓け！キミだけの王道
ファンタジア大賞
原稿募集中！
賞金
《大賞》300万円
《金賞》50万円
《銀賞》30万円
選考委員
細音啓 「キミと僕の最後の戦場、あるいは世界が始まる聖戦」
橘公司 「デート・ア・ライブ」
羊太郎 「ロクでなし魔術講師と禁忌教典(アカシックレコード)」
ファンタジア文庫編集長
前期締切 8月末日
後期締切 2月末日
https://www.fantasiataisho.com/